银河奖科幻名家
星魂勇士系列丛书

古陆双星

Double Star Of Ancient Land

苏学军◎著

SPM
南方出版传媒
广东经济出版社
·广州·

图书在版编目（CIP）数据

古陆双星 / 苏学军著. — 广州 ：广东经济出版社，2021.8

（星魂勇士系列丛书）

ISBN 978-7-5454-7536-4

Ⅰ. ①古… Ⅱ. ①苏… Ⅲ. ①幻想小说－中国－当代 Ⅳ. ① I247.5

中国版本图书馆 CIP 数据核字（2020）第 256021 号

出品机构：博峰文化
图书策划：李　雷
责任编辑：周　炜
责任技编：陆俊帆
装帧设计：平　平 @pingmiu

古陆双星

GULU SHUANGXING

出版人	李 鹏
出 版 发 行	广东经济出版社（广州市环市东路水荫路 11 号 11 ～ 12 楼）
经 销	全国新华书店
印 刷	三河市双升印务有限公司 （三河市杨庄镇杨庄村）
开 本	880 毫米 ×1230 毫米 1/32
印 张	8
字 数	150 千字
版 次	2021 年 8 月第 1 版
印 次	2021 年 8 月第 1 次
书 号	ISBN 978-7-5454-7536-4
定 价	45.00 元

北京营销中心地址：北京市东城区夕照寺街14号富瑞苑大厦201

电话：（010）67138865　邮政编码：100061

如发现印装质量问题，影响阅读，请与本社联系

广东经济出版社常年法律顾问：胡志海律师

目 录 Contents

上卷 · 尼雅

一、小河之战

这条无名小河源自雪藏高原北坡的巨撼山脉，由高山融雪汇聚而成，一路绕过诸多崇山峻岭，才到达尼雅古原。它还会缓缓向前流去，并最终消失在浩瀚的吐藩沙漠。

尼各撒骑着他的老伙计追风驹默默伫立在小河边。

对岸集结着一支军队。整齐划一的队形，精良的盔甲与武器，诸多形式各异的战旗，无一不显示着这是一支久经沙场屡立战功的部队。

尼各撒却没有去看他们，他一直盯着脚下的小河。小河并不宽，不足五丈，也不太深，一个半大的孩子就可以涉水而过，它甚至连名字也没有，却是尼雅部族的母亲河，是它给了荒凉的尼雅古原一抹绿色，给了部族一小块可以生息的土地。他静静倾听着“哗哗”

的流水声，似乎沉醉其中。

“狗日的，来了不下五千人，全是骑兵。瞧，那些盔甲，大概一百只羊也买不来吧，看，那家伙拿的虎头链子锤，我使着肯定顺手。娘的，真让人羡慕，要是我们能拥有这种武力，就可以从这里打到古陆另一边。”萨罗奔在尼各撒身侧唏嘘不已。

穆羽真高举着族里的图腾九转狐尾，站在尼各撒身后，他竭力从马背上直起身，从尼各撒的肩头向对面瞭望，心中莫名涌起一阵悸动不安的情绪。

尼各撒仰起头。天空中乌云密布，低低地压向地面，天地间一片凝重，只有隐隐的雷声在天边滚动。

“今年雨水足啊，是个好年头。”他轻声自语道。

“萨离蓝他们回来了。”穆羽真忽然喊道。

两个身着部族服饰的男子脱离敌阵，涉水回到尼各撒面前。

“怎么样？”萨罗奔问道。

萨离蓝摇了摇头，道：“他们要在这里设立军营，要求我们后退五十里，而且没有回旋的余地。”

“娘的，卡林国欺人太甚，他们拥有那么宽的卡林江和从不断流的绿河，却还要这条不起眼的小河，这是不让我们活啊！”萨罗奔大声长叹，转而虎目圆睁，“不让我们活，我就先摘掉他的脑袋！”

“我们回去。”尼各撒淡淡地说道。调转马头的一瞬，他的眼睛扫向对面的卡林军队，微闭的眼中亮起一道精光。

他们离开河岸，向后面一座小山丘行去，在那里松散地站着不到两千名部族士兵，他们衣衫褴褛，手里的武器各式各样，简陋不堪，只有几百人骑着马，但尼各撒了解自己的武士们，他们全都是古陆最出色的战士，况且他们的背后就是自己的父母妻儿，他们已无路可退。

“卡林人马上要发动进攻了，萨罗奔，带着你的人，去吧。”尼各撒轻轻拍了拍萨罗奔的肩头。他们两个人从小一起长大，亲如手足。

“狩猎开始啦。”萨罗奔说完，便哈哈大笑起来。

尼各撒的目光骤然严厉：“记住我的话，否则仗打胜了，我也要砍你的头。”

“听你的！离蓝，我们走。”萨罗奔懊恼地一掌拍在马臀上，策马而去。

尼各撒等人循着石路小心翼翼地登上山丘，与自己的部属会合。

这个时候，整齐的敌阵开始频繁调动。一千名骑弩手缓缓出列，在河岸一线排开，威力强大的弩箭直指对岸。三千轻重骑兵分为三路纵队，鱼贯而出。轻骑兵在前，重骑兵拖后，小心翼翼地开始涉水渡河。

“隆隆”的雷声愈发沉闷，乌云似乎已经触到了地面，无穷的自然力量在不断积蓄，可怕的爆发正在临近。

卡林骑兵渡过了小河，仍然保持着整齐的队形，几乎没有休整，便开始逐渐加速，向山丘冲来。

一道粗大的闪电如同银色的天树骤然显现，照亮了翻卷的云团和昏暗的大地；震耳欲聋的雷声随即在每个人的耳畔炸响，连小河仿佛都在那一刻停止了流淌；硕大的雨滴零星落下，转瞬就变得瓢泼一般，顷刻尼雅古原淹没在一片密不透风的雨幕之中……

卡林骑兵抵达山丘脚下的时候，已经达到了冲刺的程度，这个坡度不大的小山丘根本无法迟滞他们。没有呐喊声，没有金属的撞击声，连马蹄敲动地面的声音也淹没在了雷声中，训练有素的卡林骑兵似乎化成了三支无坚不摧的黑色利箭，眨眼间前锋就接近了山顶。

“战斗吧，尼雅的战士们，只有胜利才能为我们赢得生存的权利！”尼各撒猛然怒吼道。

穆羽真举起九转狐尾有节奏地晃动着。

刚才还懒懒散散的尼雅武士们刹那间像变了一个个人，他们每个人抱起一根顶部削尖，约一丈来长的木矛，蜂拥而上，一道犬牙交错的木墙瞬间形成。

卡林骑兵已然来不及放慢速度，况且他们也根本没想那么做，古陆最具威力的就是骑兵那惊天动地的冲锋。

两支部队轰然相撞在一起，战马的嘶鸣……金属的撞击声……濒死的哀号……可是这一切在雷雨中却都显得那么微弱。

大约有百十名骑兵像烤肉一样穿在如林的木矛上，尼雅族方面倒没什么损失，除了后退了几步外，防线也还算完整，不过这仅仅是开始，卡林奇兵丝毫没有停顿，仍然潮水般汹涌而来，而且一次比一次更猛烈地撞击在木墙上。牺牲是必要的，缺口，只要出现一个小小的缺口，再训练有素的步兵方阵只要被骑兵冲开一个缺口，那么下一刻迎来的就是被屠杀。

卡林骑兵和尼雅武士化成了两个巨人，在锋线上纠缠于一处，在短暂的胶着角力中，看谁的力量更大，谁的意志更坚定！双方都知道，只要有一方出现一丝松懈或是一丁点破绽，马上就会胜负立判。

毕竟卡林骑兵久经战阵，战术极为灵活，殿后的重骑兵眼见前锋僵持不下，立刻改变了阵形，分化为左右两支，向尼雅蛮族防线的两翼包抄过来。尼雅仅有一千余士兵，只能把所有力量用在正前方，它的侧翼无疑是致命的弱点，而卡林骑兵高度的机动性又使这个弱点变得无法弥补。

尼各撒的脸色霎时变得铁青，没有想到敌人的目光是这么敏锐。

又一道闪电划过尼雅古原，照亮了荒芜的戈壁，照亮了迅速上涨的小河，照亮了密密麻麻拥挤在一起的两军士兵……

近于疯狂的卡林士兵们没有注意到脚下的山坡瞬间出现了一道

道可怕的裂缝。

“轰隆”的巨响骤然传来，是雷声，也不全是……

巨响过后，正在向尼雅正面防线冲击的两千多卡林骑兵突然凭空消失了，他们所在的山坡，沿着尼雅的木墙，整体塌陷下去，眨眼间形成一个巨大的土坑，卡林奇兵在坑内人仰马翻，互相践踏，混乱不堪。不规则的土坑边缘隐约显露出一些古代建造的石阶。

“这是上天的眷顾啊！尼雅女神并没有抛弃我们！”尼各撒仰天长啸。

小河边的这个小丘陵并不是一座普通的山丘。它原本是一座远古时代遗留下来的金字塔形石制祭台，经过了无数岁月，泥土和沙石将它掩盖成一座丘陵，使它失去了本来面目。而小河的淡水不仅哺育着尼雅部族，还养活了另一种生物——啮鼠，这些小动物的数量极为庞大，小丘陵就是它们的家，虽然丘陵表面没有什么异样，但内部早被它们掏空了，如今这么多人一拥而上，脆弱的山坡再也经受不住，终于轰然坍塌，显露出骨架一般矗立的远古祭台。这是尼各撒利用祖先们的遗迹为敌人布下的陷阱，尼雅部族的防线边缘就是祭台顶端的界限，他们的脚下是坚硬的石制地面，而敌人的脚下却是暗藏空洞的土坡。

九转狐尾再次晃动。

尼雅武士们撤去木矛，搬起早在脚下准备好的巨石，向土坑中没头没脑地砸去。这些巨石在丘陵附近随处可见，依稀都是一些远古石雕的残片。正在坑底呻吟的卡林士兵像炸了营的蜂群，四处奔逃，但很快就在雨点般的飞石中沉寂下来。

被突然巨变惊呆的卡林士兵终于清醒过来。向两翼包抄的近千名重骑兵恰好躲过了塌陷的巨坑，他们赫然发现自己脚下的土地也在悄然龟裂，但是他们没有放弃进攻，纷纷跳下战马，徒步向山顶冲击。他们仍然保持着高昂的战斗意志，这也使他们在狂热中丧失了理智，身披重甲的骑兵一旦离开了战马，去仰攻严阵以待的轻装步兵，那意味着什么？

河对岸压阵的弓骑兵感到事态的严重性，开始急速渡河，前来支援重骑兵，并掩护幸存的零星轻骑兵从巨坑中撤退。

重骑兵接近山顶的时候，尼雅武士已经从前锋线上腾出了手，如蝗虫般的石块倾注在进攻者的头上。卡林骑兵对此已有准备，用盾牌搭起了严密的屏障，一阵石雨过后，倒也没什么损失，但是被压制在半山腰，攻不能退也不是。

此刻，右宣讨使马援的脸上阴晴不定，他感到自己犯了一个可能无法挽回的错误。

临行前，融哲将军的将令是命自己在尼雅蛮族附近扎营，密切监视对方的一举一动，严防其与楼兰帝国结盟，使卡林王国陷于两面作战的境地。马援却有自己的想法，这个尼雅蛮族连老人和小孩加起来也不足三万，而自己手下有五千作战经验丰富的精骑，与其监视对方，还不如一举将其荡平，一方面解除了王国的后顾之忧，一方面等于无形中为卡林王国增加了抵御楼兰大军的五千精兵。

仗打到现在，他有些追悔莫及，两千骑兵顷刻间覆灭，重骑兵被压在山坡上处于被动挨打的劣势，弓骑兵冲上去还不知能不能解围，而这一切都发生在转瞬之间，让他连思考的时间都没有。

“这该死的，狡诈的野蛮人！不，不能退兵，这一仗只能咬牙打下去，自己还有三千人，在兵力和单兵素质上还占优势。自己必须打赢！打赢了，才能向王国有个交代，否则自己还有什么脸面回去！”

马援向左右看了看，自己还有一千生力军没有动，这将是一支决定性的力量。他伸出手，缓缓指向对岸的山丘。

除了百余人的亲兵卫队，早就跃跃欲试的禁卫骑兵呼啸而出。

禁卫骑兵过河的时候，弓骑兵已经与重骑兵会合了，一阵箭雨过后，几十个蛮族士兵滚下山坡，其余的纷纷向后退去，重骑兵随即缓缓向前推进。

马援从嘴角间终于挤出了一丝苦笑。可是他的笑容却忽然僵住了，因为在他的身后响起了密集而沉重的马蹄声，继而是一片人喊马嘶之声。他慌忙回过头，看到几百名蛮族骑兵竟然不知什么时候出现在了自己身后。他意识到，自己中了敌人的圈套，“完了，全完了。”

暴雨还在像江河决堤般向大地倾泻，战斗却已经结束了。

腹背受敌，加之主帅被擒，虽然人数相当，卡林士兵却已丧失了必胜的信心，有组织的抵抗很快被消灭，其余的逃的逃、降的降。

尼雅族也有四百余伤亡，这点损失相对于卡林国或许微不足道，但对于人丁稀少的尼雅来说，却显得不能承受，更让尼各撒胸中如遭重捶的是萨罗奔的阵亡。在与卡林主将马援的对决中，萨罗奔一棍把对方扫于马下，他本可以再一棍将其击毙，但是他没有，他只是一边让手下把马援捆起来，一边低头拾起对手的虎头链子锤，爱惜地摩挲着。马援却挣脱了两个尼雅士兵束缚，将短剑刺入了萨罗奔的后背。

尼各撒将短剑从萨罗奔背心拔出来，缓缓地把他的身体放平。萨罗奔的眼睛还睁着，却已失去了光泽。几十年的生死相伴，就此诀别了。

尼各撒紧紧地握着短剑，走向马援。

马援此时被捆得像个粽子一般，两个尼雅蛮族士兵不住地踢他的腿，想让他跪下，但每次他都倔犟地站立起来。看着蛮族首领提着滴血的短剑走来，马援知道，自己在这个世上的时间不多了。他并不害怕，只是有那么一点遗憾，没想到自己身经百战，却在小河沟里翻了船，他还有那么一点不服气，如果不是自己太轻敌，那么此刻被捆着的一定是这个不可一世的蛮族首领。对方已经举起了短剑，他瞪大眼睛盯着对方，即使死，也不能失了卡林王国的尊严，他要看着短剑插进自己胸膛，可是他却看到了意想不到的一幕：尼雅蛮族的首领一剑斩断了绳索，而后单膝点地，在自己面前跪下了。

尼各撒的眼睛充满愤怒，几乎要喷出火来，但是他的声音却低沉而恭敬："马将军受惊了，这完全是一个误会，对于给贵军造成的损失，我一定会严惩肇事者，并且率全族为死难的卡林将士们守灵三个月；今后，我族在每年的朝贡中还会再增加五百只羊，一百头牛，以表达我族对天朝的崇敬与臣服之心，此外我还为马将军备了一份薄礼，还请马将军在贵国国王面前多多解释、多多美言。"

看着匍匐在自己脚下的尼雅首领，马援绝望的眼神转瞬又变得高傲起来。

暴雨丝毫没有减弱，黑云不断翻卷，几乎压到了地面，闪电时而划过，照亮了荒凉的尼雅荒原，一支千余人的队伍在暴雨中默默前进。

雨水早已湿透了衣衫，身上的血迹被冲刷得不留痕迹，刚刚过去的那场战斗似乎从未发生过。可是尼各撒的心却在隐隐作痛，他刚刚失去了最好的伙伴和几百个亲如兄弟的士兵，他们的音容笑貌还在自己眼前晃动，他想哭，号啕大哭，可是他不能，因为他是尼雅族的脊梁，他必须表现得比钢铁还要坚强，比剑虎还要凶猛无情。

他真想一剑砍下敌人将领的头颅，为萨罗奔兄弟报仇，可是他同样不能，卡林国强大的实力，根本不是小小的尼雅族所能抗衡的，他必须要忍耐，只有屈辱的忍耐，才能换来部族的生存。

尼各撒昂起头，把目光投向远方，但是他的视野里除了一片白晃晃的雨幕，便什么也看不到。

尼雅古原，上古神话的人间天堂，除了一些远古时期留下的建筑遗迹还显示着它曾经的辉煌，此刻已经成了树木稀少，人迹罕至的沉寂荒原，只有尼雅族人还顽强地生活在这里，守候着祖先们的一份记忆，但是这些可怜的人们却看不到一丝希望。

尼雅古原的北方是浩瀚无际的吐藩大沙漠，东方的尽头是雷暴肆虐的黑海洋，南面横亘着高耸入云的雪藏高原，而西方又是强大的卡林王国，尼雅族的生存空间被死死限制在这块贫瘠的荒原上。他们一方面目睹着祖先们留下的辉煌遗迹，一方面又在贫困与饥饿中煎熬。等待他们的将是什么？他们简直不敢去想。

尼各撒略带忧郁的眼神中流露着一丝迷惘，他已经尽了自己最大的努力，可是仍看不到光明；他还有一些自卑，是不是这就是自己的命运？自己脚下是不是一片被诅咒的土地？苦难中的部族是不是注定要走向消亡？但是他眼中更多的是坚强与无畏。即使命里已经注定，我也要去改变它，哪怕付出自己以及全族的生命……即使这片土地已然被诸神诅咒，那么自己纵然走遍天涯海角也要为部族寻一片乐土……

穆羽真靠近尼各撒，大声说道：“嫂嫂今天就该生产了吧？”

尼各撒这才从遥远而纷乱的思绪中回过神来，他点了点头。部族的人口太少啦，所以才受人欺负，希望能够有一个健壮勇敢的儿子，万一自己身有不测，也会有另一个首领来继续自己的事业。

时近黄昏，雨却越下越大，整个世界仿佛都将被雨水淹没。

在闪电的映照下，隐约可见一片远古的城市废墟，曾经摩肩接踵的人流早已星散，远古文明的光辉也早就褪去，只剩下这些雕刻精美、气势磅礴的建筑遗迹还昭示着这里曾经的辉煌。

城市废墟的中心广场散落着几千座小屋，这些房屋有的用碎石垒成；有的由树木搭建，显得破旧而简陋，这里就是尼雅族世代生息的驻地，被部族唤作白石林。

一座稍大些的石屋中透出昏黄的火光，里面传来一声声痛苦的嘶喊。

艾雯躺在黑熊皮铺就的床榻上，脸色苍白，目光迷离。腹中这个即将降生的小生命为她带来了无尽的希望，也带来了无法忍受的痛楚。几个脸上爬满皱纹的老婆婆在她周围忙碌着。她浑身一点力气也没有了，任由她们摆布。她的视野在一点点昏暗下去，只能看到一道道黑影在晃动。她感到自己就要死了，自己的生命将倾注在这个小生命体内，迎来再一次重生。

一声清脆稚嫩的哭声骤然响起。

艾雯一阵轻松，火光与人影再次清晰起来。她知道，自己完成了作为一个女人所需要完成的使命，从今以后，她就是一个完整的女人了。她想起了他，他已经离开家很久了，不知道什么时候才能回来，他走的时候是那么匆忙，脸上是那么凝重，她真希望他能够陪伴在自己身边，尤其是在这个时候，可是她并不怪他，他身上的担子太重了，他肩负着全族的希望……

房门突然被“砰”的一声推开了，脆弱的门板险些断裂，一个高大魁梧的身影一头撞进来。

“生了吗？生了吗？”尼各撒急切地喊道。

“生啦。”弥撒婆婆回答。

“男孩还是女孩？”

“是，是女孩。”

男人闷哼了一声，猛地拍了一下大腿，转身又冲入雨夜之中。

女人有些伤心，自己经受了这么大的痛苦，他竟然不来安慰一下，不过，转而一想她又有些自责，他是多么希望能有个儿子呀，怎么偏偏是个女孩？不过她的心中马上就被初为母亲的喜悦与亲情填满了。

婴儿包在襁褓中抱到女人面前。那一刻，婴儿虽然闭着眼睛，却奇迹般地停止了啼哭，小小的头颅转动着，似乎在寻找母亲的气息。

艾雯沉浸在无以言表的幸福之中。

“婆婆，给她一个名字吧。”女人请求道。

弥撒婆婆是尼雅女神的侍女，为部族的后代起名是她的职责。老人的手轻抚在婴儿额头，她的手忽然一颤，婴儿险些掉在地上。

“我从她的身上嗅到了尼雅女神的气息，”婆婆的声音有些颤抖，“可是这孩子的命运还显示着太多的征兆，我不知道那是吉祥还是灾难……”老人的眼中流露出掩饰不住的惊惶：“她，就叫作尼雅吧。”

“神的名字……”艾雯也一下子惊呆了。

闪电在窗外亮起，划过每个人的心房。

二、尼雅的曙光

尼雅对于这个世界最初的记忆，是一个繁星满天的夜晚，广场上点燃着几十堆篝火，明亮得就像星星落到了地面上，部族的人们都出来啦，大家围着篝火载歌载舞，空气中充满了欢笑和烤肉的香味。

为什么会是这个记忆呢？尼雅一直在想，后来她终于明白了，在绝大多数时间里，人们的表情总是忧愁和严肃的，总是在疾病和饥饿中苦苦煎熬，难得有一次欢笑的机会。

不过，那时的尼雅还不懂这些，对于这个幼小的生命来说，一切都是新奇而有趣的。她喜欢看星光迷乱的夜空，更喜欢白云朵朵的蓝天；她喜欢碧绿的树林和洁白的石雕，更喜欢温顺的小狗和胖嘟嘟的绵羊。当然，她最喜欢的还是妈妈。妈妈的亲吻会让她沉浸在母爱之中，妈妈的爱抚会让她“咯咯”地笑个不停；她可以在妈妈的胸膛找到最可口的食物、找到最温暖的依靠。与此相反，尼雅从来不喜欢爸爸，他总是匆匆地来又匆匆地去，就像冬天里的一阵寒风；他很少抱自己，即使抱了，也是三心二意，漫不经心的，让尼雅懒得去理他，有时候看到他来了，尼雅甚至会假装睡着了；他来的时候很少笑，总是绷着脸，给这个家也带来了寒意，有时候会吓得尼雅“哇哇”大哭。

可是妈妈却好像很期待爸爸来，爸爸来的时候，妈妈总是忙碌个不停，给他烤上平时自己都舍不得吃的干肉，打开珍藏在床下的果子酒，就连爸爸发脾气的时候，妈妈看上去也是高兴的。一旦爸爸走了，妈妈就经常抱着尼雅看着门外发呆，偶尔还会发出一声叹息。尼雅真是想不通。

时光如梭，尼雅飞快地成长着。

尼雅能够走路了，虽然步履蹒跚，但是她终于可以走出黑暗的小屋，去看一看渴望已久的外面新奇的世界，看着草丛间绽放开的五颜六色的小花，享受着狗伸出舌头舔着自己小手的温润，尼雅开心极了。而她的笑声也总能感染锁着眉头的大人们。

尼雅学会说话了，开始是一个个单词——妈妈、婆婆、渴了、饿了、睡觉、天、星星……当然，爸爸这个词是妈妈逼着她学的，一遍遍，一次次反复地教自己，尼雅很不乐意。尼雅学得很快，她从大人们的交谈中飞快地积累着词汇，后来经常模仿大人的口气说出一些出其不意的话来，每次都惹得大人们哈哈大笑。

仿佛是突然之间，尼雅有性格了，不再像从前那样一切听命于大人了。有时候该睡觉了，她偏偏大睁着眼睛想事情；婆婆端上来可口的食物，她嘟着小嘴嚷着要喝奶；爸爸来了，妈妈拉着她叫爸爸，她却扭过头理也不理。她开始尝试着用自己的眼睛和头脑去判断这个世界的好坏，尽管她的想法是幼稚的，但是往往能看到事情的本质，因为孩子的目光最纯净。

尼雅的世界在一天天扩展——小屋、空地、林立的石柱，间或点缀着绿色的茫茫戈壁，树木、小鸟和湛蓝无垠的天空……她认识的人也越来越多，除了爸爸、妈妈、弥撒婆婆外，还有时常给她带来一些小玩具的穆羽真叔叔和总是抱着她笑个不停的萨离蓝叔叔；更让她开心的是她还有了许多小伙伴，有脸蛋红扑扑的萨迦、萨托兄弟；头上束着两个小辫的慕蓉妹妹；和蔼可亲的萨月儿姐姐，还有好几个她叫不出名字的小朋友，她们经常一起围着小屋奔跑嬉戏，在广场上采摘美丽的花朵，捡拾好看的石子。这其中，她最喜欢和月儿姐姐一起玩了，因为她会带着自己偷偷跑到部族外面的树林里去，在那些高大的树木间徘徊，和不知名的小动物玩耍。不过每次回来，月儿姐姐总是被大人们训斥，尼雅在一边帮她辩解也不起什么作用。

尼雅一天天长大了。她发现这个世界不只有欢笑和阳光，还有与日俱增的痛苦、泪水和黑暗。

大一点的孩子要开始劳动了，尼雅也不例外，她要和母亲一起随同其他妇女到几十里外的小河去背水，母亲的身体很虚弱，一趟回来便会累得半天起不了床，害得尼雅守在床边忧心忡忡。再大一些后，尼雅就要出去放羊了，开始还有月儿姐姐陪着，后来就是孤单一人，在一望无际的戈壁滩上带着羊群寻找少得可怜的牧草，远方那白色的石头群是回家的唯一路标。部族的男孩子是不从事这些劳动的，他们很小就要接受残酷的训练，一个可以将其变成冷酷无情、视死如归的战士的训练。他们刚刚学会投掷长矛，就要和大人们一起到遥远的雪山深处去猎取凶恶的猛兽。尼雅渐渐不喜欢这些男孩了，因为他们不再和自己一起玩耍了，空闲的时候一直在空地上舞枪弄棒，他们的表情一天天严肃起来，见不到一丝微笑。这是为什么呢？开心的欢笑该有多好啊，她想不通。

她也开始饱尝饥饿的滋味。族里放牧的羊和牛是绝对不能吃的，那是要送给卡林王国的贡品，每年秋天都会有一批恶狠狠的士兵跑来大吃大喝几天，然后把成群的羊牛赶走。每当这个时候，尼雅就会抱着和自己朝夕相处的羊哭个不停，继而引得部族里哭声响成一片，可是没有用，她一年又一年看着长大的羊，被牵走。于是尼雅终于懂得这个世界有太多的东西，无论她怎么努力也是改变不了的。除了牛和羊，这贫瘠的尼雅古原上几乎没有什么食物。戈壁上的植物不仅稀少，滋味还又苦又涩，实在难以下咽，况且它们还是牛羊们唯一的食物。部族的希望就寄托在男人们身上，期待他们会从雪山深处捕获各种猎物。每次男人们回来，就是部族的节日，男女老少都会笑逐颜开，大家聚集在篝火前，一边品尝着鲜美的烤肉，一边唱歌跳舞直到天明。那一天的星空，在尼雅眼中是最美丽的。然而这样的日子是非常少见的，雪藏高原北麓的莽莽雪山，鸟兽稀少，而且充满危险，有可怕的雪崩、布满陷阱的冰河还有凶猛无比的远古怪兽，大多数时候，男人们只能带回少的可怜的猎物，甚至空手而回，这时站在白石林边缘盼望已久的人们就会伴着筋疲力尽的男人们默默走回来。还有的时候，男人们一走就是很长一段时间而且杳无音信，部落里的人就只能靠一点点平时积攒的干肉来维持生命，还要整日牵挂着远方的亲人，整夜祈祷他们千万不要出什么意外。

最让尼雅伤心的还不止这些。

她的好朋友萨迦和萨托是一对孪生兄弟，由于年岁太小，还没有随大人们外出狩猎。其中萨托的身体从小就不好，总是生病，萨托的爸爸说这孩子不好养，不想要他了，萨托的妈妈却死活把他留了下来。那天早晨，尼雅刚刚起床，就听见其他小屋中传出悲痛的哭声。尼雅奔出来，发现是萨托家，走进去就看到萨托一动不动地躺在床上。尼雅不明白萨托的妈妈为什么要哭,吵醒了萨托多不好呀。可是大人们说萨托已经死了，尼雅不明白，昨天他们还在一起玩的好好的呀。后来尼雅就再也没有见到过萨托，他的哥哥萨迦也变得少言寡语了，尼雅心底有一丝淡淡的忧伤，她想去劝萨迦，却不知该说什么。从那以后，尼雅就对死亡有了一种不祥的认知。

尼雅开始注意到，男人们的狩猎队在回来的时候经常会有一些伤者，有的在别人搀扶下一瘸一拐地走回来，有的是被抬回来的，虽然没有一个人喊叫或哭泣，但是尼雅能从他们浑身的血迹和痛苦的表情中感觉到死亡潜伏在其中。过上一段时间，有的伤者好了，有的却像萨托一样消失了。尼雅知道，死亡来了。随着这些事情的增加，死亡，在尼雅的心中日益变得恐惧可怕。

虽然长大让尼雅有了这样那样的烦恼和忧愁，甚至是恐惧，总的来说，尼雅还是很高兴。活着，岂非就是生命最大的乐趣吗？放羊的时候很枯燥、孤独，于是她就大声地唱歌，学会的歌曲唱完了，她就开始自己编歌曲唱，唱着唱着她的心情就好起来了；妈妈闷闷不乐的时候，尼雅就伏在她耳边唱自己编的歌，妈妈总会被她逗得开心笑；萨迦在一次随大人们外出打猎的时候受了伤，尼雅经常去看他，还用他捕获的刺猪牙齿做了一个项链送给他，把萨迦高兴得忘记了疼。一天又一天，尼雅就像一只快乐的百灵鸟，把欢笑洒满了部族的每一个角落。

可是尼雅不知道，一件改变她命运的事就要发生了。

星夜。

小尼雅已经睡熟了。

炉中的炭火还在燃烧。

艾雯坐在床边，神色有些慌张。

尼各撒靠在门边，掩在阴影中看不清面部的表情。

弥撒婆婆坐在篝火旁，火光映着她爬满皱纹的脸庞。

“她只是个普通的孩子，”艾雯用低低的声音说道：“这些年来，我看得清楚，她和别的孩子没有什么区别。”

尼各撒不语。

弥撒婆婆看着红彤彤的火光，缓缓说道：“神，其实也是人，只不过因为相隔了太遥远的年代，经过了人们一辈又一辈的传唱，才变成了神。”

“所以她和尼雅女神没什么联系？”艾雯试探着问道，语气中带着希望。

“我们每个人都是尼雅女神的后裔，在我们的身体内都有她的本源，只不过光辉的历史早已随着岁月的流逝，被遗忘在我们的记忆之中了。”弥撒婆婆轻轻叹了一口气，接着说道：“其实它一直在我们的心灵深处沉睡。”

“这孩子真的是女神的化身？”尼各撒忽然问道。

婆婆摇了摇头，道：“她不是，只是她体内的本源力量是那么强大，一旦被唤醒，将会对我族产生莫大的影响，所以我才要带她走，去学习那些远古遗留下来的经卷，至于她将来会怎样……没有人能知道……”

“我从您的眼神中看到了隐隐的不安，您从这孩子身上还看到了什么？”尼各撒忽然问道。

婆婆的嘴唇颤抖着，过了一阵才说道，“末日……我看到了你的死亡和部族的毁灭……可是同时我还看到了光明，部族将迎来曾经的辉煌，从此摆脱这饥饿、绝望的生活……我知道这是矛盾的，但是我看不出哪一个是假相，也许……这都取决于尼雅的选择……”

“就让她做一个普通的孩子吧，”艾雯哀求道：“那么一来，所有的预言就不会应验了。”

“既然已经有了神预……就带她走吧,，如果能够给部族带来光明，我的死又算得了什么呢？全族与其在屈辱中度日还不如去赌一赌另一个将来！”尼各撒转身拉开门，把身影投入刺骨的寒风中。

第二天，妈妈为尼雅换了一身崭新的雪豹皮衣服。尼雅察觉妈妈泛红的眼中噙着泪花，她觉得奇怪，自己和弥撒婆婆一起出去玩，妈妈应该高兴才对呀。

于是，一老一少离开了部族。尼雅想不到这一次分别会那么久。

她们一路向东，向东……

故乡的白色石林早已消失在地平线，她们行走在沉寂的尼雅古原之上，没有树木、没有河流，也没有一丝生命的迹象，在她们前方的天际，翻卷着黑沉沉的乌云，闪电时而在云间闪耀。

第二天，尼雅就开始想家了。一路上见不到一个人影，甚至一只小动物，只有她们在广阔的天地间独行，困了，就随便找一个石缝睡一会儿，饿了就吃一些冰冷的干粮……尼雅愈发想念温暖的小屋、好吃的烤肉和妈妈那充满母爱的臂弯。尼雅吵着要回家，可是弥撒婆婆好像变了一个人，她不再是从前那个慈祥的婆婆了，她变得严厉、变得冷酷无情，那眼神让尼雅看了觉得害怕。

尼雅只得继续跟着她走下去。

尼雅能够感到弥撒婆婆严厉后面的慈爱。初春的荒原整天刮着刺骨的寒风，婆婆就把自己的衣服裹在尼雅身上，干粮也总是在她胸前捂热了才让尼雅吃。最困难的要数寻找饮水了，婆婆要在砾石间挖上许多很深的地穴，才能找到一点点发黄的淡水，饮用之前婆婆都要念上一阵经文，说这样就不会生病了。

两人不知道走了多少天，部族和妈妈在尼雅的记忆中淡化为了遥不可及的幻影。小女孩消瘦了下来，水嫩的皮肤被寒风雕刻得粗糙而坚硬，但是她变得更加坚强，能够忍受饥渴，可以走很长的路了。

这一天，前方的地貌发生了变化，她们来到了一座城市遗迹面前，和部族里的遗迹一样，都由白色的花岗岩堆砌雕刻而成的，尼雅一度以为终于回到了家乡，只是这座遗迹更加庞大、雄伟，但也更加荒凉。一道蜿蜒的河床从遗迹中心贯穿而过，看那宽阔的河道，从前一定是条比卡林江还要充沛的大江。

弥撒婆婆带着尼雅在遗迹中徘徊，给她讲述这座城市以及整个尼雅古原的历史：尼雅曾经是古陆最美丽的绿洲，数不清的河流从古原穿过，养育了茂盛的森林和各种神奇的生物，更孕育了尼雅人灿烂的文明，可是后来，大地黑暗下来，气候变得寒冷，河流一条条消失了，尼雅也渐渐走向没落、走向灭亡……其实她讲述的只是一些支离破碎的片段，真正的历史已早已埋没于碎石与沙尘之中了，再也不会有人知晓。

尼雅听得三心二意，她对婆婆费心讲述的过去不感兴趣，她在想着，这就是婆婆带自己来的目的地，这么说她们很快就要踏上回家的路了。

她们再次启程，可是尼雅失望了，她们仍在向东走。尼雅绝望地意识到，自己可能再也回不了家了。

走啊，走……

黑夜变得漫长起来，白天逐渐缩短。即使在白天的时候，天空也总是昏暗无光。天边的乌云越来越浓重，闪电越来越密集。尼雅心中有种说不出的恐惧。可是弥撒婆婆还执着地向乌云中走去。

终于有一天，她们的身影完全被乌云吞没，闪电就在她们头顶划过。

尼雅反而不再害怕，甚至有些开心，因为她们无法再向前走了。她们站在一个石头祭台前，向前一步，就是隐没在黑雾中的万丈深渊。尼雅第一次看到了大海，就在她面前，辽阔的海面向三面拓展开去，直到天际。乌云似乎压到了海面，海水看上去也是黑色的，只有暂时划过的闪电才能将它们分辨出来。乌云涌动着，一次次接近海面，大海也咆哮着，翻起层层滔天巨浪，冲向天空。这就是恐怖的黑海洋，古陆世界东方的尽头，一个充斥着死亡的世界。

“那是什么？”尼雅忽然指着前方问道。

在她手指的方向，乌云与巨浪交接的天际，隐隐亮着一点微光。尼雅刚开始以为是闪电，可是它始终在那里一明一灭地亮着，而且似乎是红色的光亮，就像一点烛火。

“是灯塔，远古先民们建造的伟大建筑。”婆婆回答。

“有什么用？为了好看吗？”

“黑海洋曾经是一片蓝色，海水里游弋着各种鱼儿，有的比小山还要庞大，而天空里翱翔着许多飞鸟，海面上穿行着我们人类制造的航船，人们乘坐巨大的航船出海，驶向世界的四面八方；灯塔是用来为这些航船指示海岸方向的。”婆婆默默说道，“你正在目睹一个逝去文明的辉煌，曾几何时，人类沉沦了，古陆世界变得寒冷而贫瘠，这或许不是我们的错，我们也无力改变什么，但我们至少还可以把这些记录下来，代代流传下去。”

“流传下来，又有什么用处呢？恐怕只能让活下来的人更痛苦。”尼雅疑惑地问。

“至少能够给他们希望，”弥撒婆婆轻轻抚着尼雅的头发，“总有一天你会明白的。”

她们只在黑海岸做了短暂的逗留。婆婆说黑海洋已经成了生命的禁区，可怕的暴风雨和龙卷风随时都会光顾这里。

她们沿原路返回。

要回家啦，要回家啦，尼雅快乐得像一只雀跃的小鸟，回程的脚步也在不知不觉中快了很多。

春天即将过去，炎热的夏天正在临近。两个人的衣衫已经褴褛不堪。

一天，又一天……不知不觉间，白石林那美丽的白色身影从灰黑色的地平线上升起了。

尼雅欢笑着向前方跑去，却被弥撒婆婆一把拉住了。从婆婆的目光中，她看到故乡和母亲在远去。

她们与白石林擦肩而过，转向正北方向前进。在白石林附近，她们发现了一个包裹，里面整齐地叠放着夏天的衣服和食物、淡水。

尼雅偷偷哭了一夜，妈妈一定知道自己回来了，可她为什么不来看望自己呢？为什么不把自己带回家呢？难道是她不喜爱自己了吗？可是没有用，旅程还在无休止地延伸。

向北……

天气一天比一天炎热，戈壁滩上的石头也被烤得滚烫。

向北……

大地更加荒凉，连小草也没有了，看不到一丝生命的迹象。

向北……

她们走出了尼雅古原，走进了浩瀚的吐藩沙漠。这里与黑海洋一样辽阔，却比黑海洋还要沉寂。天空中没有一丝云彩，甚至连一丝风都没有；巨大的沙丘像金色的海浪一样起伏着，但它们是凝固的，好像自古以来就没有变化过；在黑海洋还能看到人类的遗迹，在这里却什么也没有，根本看不到人类曾经涉足的痕迹；只有毒辣的太阳从一边升起，又从另一边缓缓落下……

尼雅不明白她们到这里来究竟要做什么？

她们终于看到一片茂盛的树林，可是走近一看，这些高大的树木早已枯死，只是千百年来一直保持着原来的形态。

看着这些树木，尼雅感到生命的脆弱。在古陆，这些树木无疑是生命力最顽强的，可是连它们也无法抵御干旱的威胁。

她们穿过树林，仍在向北前进。

尼雅终于忍不住了向婆婆询问。婆婆默默不语，但是尼雅从她的眼神中察觉出一丝迷惘。

终于，她们断水了。没有水，在大漠中就意味着死亡。

这一次，弥撒婆婆也绝望了，她甚至怀疑自己的判断是不是错了。

她们又在沙漠中徘徊了两天，最后在一座沙丘上耗尽了力气。她们坐在黄沙中，无力地向远方眺望。

就在这时，一座巍峨的城市突然出现在她们面前的大漠中。

她们喜出望外，挣扎着向那座城市走去。走啊……走啊……城市仿佛近在眼前，却总也走不到。终于，在接近黄昏的时候，那城市忽然在夕阳的余晖中，像风儿一样消散了，露出了似乎永无边际的大漠。

“究竟是怎么回事呀？”

“这大概就是传说中的幻影城市了，它是虚幻的，却一丝不差地记录了远古人类城市的风貌。”婆婆虚弱地回答。

“它多么像我们的白石林啊。”尼雅感叹道。

黑夜降临，尼雅不知道自己什么时候睡着或是昏迷的，生命正在飞快地从她小小的身体里消逝。她记得自己做了一个梦，梦见她回到了白石林，见到了昼思夜想的妈妈，而白石林好像也变了模样，到处是生机勃勃的森林、碧绿如洗的草原和像白云一般的羊群；部族矮小的房子变成了金壁辉煌的宫殿，人们都穿着各式各样美丽的衣服……

雨点，一滴，一滴打在尼雅脸上。

是大自然的恩赐，还是尼雅女神的眷顾？一场沙漠中百年不遇的雨在黎明时分倾泻在茫茫大漠之上。

尼雅睁开眼睛，看到弥撒婆婆正在向着南方，向着尼雅古原的方向顶礼膜拜。

对于生命来说，她们获得了又一次新生。

尼雅给随身携带的所有容器都装满了水。她们可以继续旅行了。弥撒婆婆却停住了脚步。

她拉着尼雅，面向着大漠深处，说道：“在尼雅女神的传说中，这沙漠深处埋藏着一个巨大的秘密，这个秘密也和你的命运紧紧联系在一起，我原本想带你来看个究竟，可没想到它始终对我们紧闭大门……我们回去吧，也许尼雅女神还有她的深意。”

她们再次返回，这一次没有朝向白石林，也许是婆婆有意要避开部族，免得让尼雅想家吧，其实尼雅对家乡的印象早已模糊了。她们沿着一条斜线，向西南方向走去。

半个月后，她们走出了吐藩沙漠，又回到了尼雅古原，不过这里已经是尼雅古原与卡林平原的交界处了。

之后的旅行变得轻松起来。

绿色的植物开始出现，这儿一丛，那儿一簇，后来树木开始出现，起初很稀少，到后来逐渐浓密起来，戈壁渐渐变成了草原。她们还发现了一条清澈的小溪，尼雅跑到溪流中跳啊、笑啊，高兴得不行。这么多天来，她们始终在古陆最荒凉的地区旅行，加之原来部族的生活环境十分艰苦，所以尼雅不知道，古陆原来也是一个生机勃勃的世界。

“这里多美啊，部族为什么不搬迁到这里来？”尼雅欣喜地问婆婆。她还以为给部族发现了一块休养生息的肥沃土地呢。

“孩子，慢慢你就会知道，这个世上最险恶的并不是自然环境。”婆婆严肃地回答。

尼雅已经是个懂事的孩子了，她隐隐明白了婆婆的意思，她想起了每年秋天那些来到部族的凶神恶煞般的士兵。

后面的事情在一步步印证着婆婆的话。她们开始看到了人，这些人并不是部族的人，穿着不同式样的衣服，说着不同的语言，这本该是个让尼雅开心的事，可是这些人对她们十分冷漠，甚至处处提防着她们。

又走了一天，她们看到了一条大河。这条河比尼雅古原上的无名小河要宽阔得多，湍急的河水从天边的雪山上奔腾而来，又向着吐藩沙漠的方向蜿蜒而去。

“这条河叫绿河，是尼雅古原与卡林平原的界河，”弥撒婆婆向尼雅介绍着，她的眼神中隐隐流露着怨恨，“我们的部族就曾经生活在绿河两岸，迁移到尼雅古原深处那是迫不得已的事情。”

她们对古陆世界向西的旅行也不得不终止，虽然尼雅已经看到河对岸童话般美丽的草地、森林和雪山……

在绿河岸边驻扎着大批卡林国军队。尼雅部族的人被禁止渡河。如果不是因为两个人是一老一少，加之盘问的士兵比较心善，她们恐怕会被当作奸细处死。

婆婆带着尼雅默默离开了绿河，再次返回尼雅古原。尼雅以为婆婆会说些什么，但是老人却一直沉默着，什么也没有讲。

其实该讲的，尼雅已经看在眼里，记在心间了。

她们仍然没有返回白石林，虽然尼雅再一次看到了它的白影。她们在白石林附近转向正南方向。那里，是仿佛与天一样高的雪藏高原……

三、危机重重

斗转星移，一晃五年过去了。

尼各撒背着手，在他的城市里巡视，后面只跟着族人穆羽真。

这五年时间是他和部族梦寐以求的五年。尼雅女神仿佛一下子把所有的眷顾都泼洒在这片土地上了。

曾经干旱的尼雅古原如今雨量充沛，戈壁滩上处处可见点点绿色，很多地方已经形成了成片的草原，部族里的牛羊数量翻了十倍都不止，不知是从雪山深处还是哪里迁徙来的大量野骆驼和豚羚，多得男人们猎也猎不完。

三年前，另外两个定居在雪山中的尼雅族部落也前来会合，部族的人口一下子增加到了八万人。几年来的休养生息也使人口结构进一步优化了，眼下尼各撒已经手握三万精兵。

更让尼各撒做梦也想不到的是，曾几何时无比强大的卡林王国竟然在一夜之间土崩瓦解，被西方更强大的楼兰帝国所消灭，部族面临的严重威胁一朝解除。尼各撒抓住时机，立刻率部西征，占据了绿河两岸肥美的草原，不仅使部族获得了从此可以世代繁衍的土地，还抓获了一万卡林士兵作为奴隶，此外原来依附于卡林王国的几个小的绿洲部落也投靠了过来，一下子又平添了两万附庸军。

这些天大的喜事一桩接一桩，让尼各撒头晕目眩。许多部下建议将部族迁移到绿河草原去，高兴之余，尼各撒却保持着清醒的警惕，尽管卡林王国的威胁已经解除，可更强大的楼兰帝国已前进至绿河附近，虽然现在都相安无事，对方还派遣使者表达了善意，但那毕竟是一个潜在的可怕威胁，自己必须做好最坏的打算。

由于人口激增，物产丰富，又多了一万奴隶，尼各撒开始着手重建白石林。原来部族居住的那些坟茔一样的小屋全部被拆除了，腾出的空地恢复了广场的功能，现在成了士兵们的操练场；残缺不全、破败不堪的城市遗迹被重建，族人们都搬进了修缮一新的花岗岩大房子；大家还想去修整那座宫殿遗址，被尼各撒制止了。部族和自己还远不到享乐的时候，除了重建白石林的标志性建筑螺旋白塔，他把所有力量都用来修建城墙。

尼各撒走在宽阔的石板大道上，这些纵横在遗址间的道路曾经被砂土、砾石埋没，不久前才被清理出来。他穿过炊烟袅袅的住宅区，族人们纷纷向他致礼，他们身上穿着从卡林平原运来的丝绸衣衫，脸上洋溢着发自内心的微笑；他看见萨月儿倚在门前，默默地望着自己，她的秀发和裙角随风舞动，飘然欲飞。他轻轻点了点头，继续向前走去。

他登上了螺旋白塔，向四处张望。这座塔不仅是白石林的标志，还是一个绝佳的观测点，可以清晰地俯瞰全城，一旦兵临城下，自己可以在这里指挥若定。即使城破，它也是一个一夫当关，万夫莫开的战略支撑点，况且它还隐藏着一个大秘密。在它下面有条直通外面的暗道。

白塔脚下不远处就是操练场，士兵们有的排演战阵，有的练习战斗技巧，里面一片沸腾。尼各撒又把目光放远，部族现在占据的区域还不到城市遗址的五分之一，重建的地方仅仅恢复了功能还远远谈不上整洁美观，不过自己总有一天会让它重现往日的宏伟与繁华。更远的地方，在城市的边缘，奴隶们正在顶着烈日修建城墙，这项工程虽然浩大，好在城里面有大量的石料方便取用，还有原来的城墙遗迹可以借鉴，现在已经完成了四分之三的工程。

穆羽真忽然抬手向远处指去。这个曾经稍显懦弱的青年已经长大了，成了尼各撒的爱将，尤其是他的缜密思维，经常是妙计纷呈，出击绿河就源自他的策划。

尼各撒顺着穆羽真指的方向，看见一个一身黑袍的骑士正向白石林走来。

走出白石林，沿着一条小溪，艾雯来到一片树林的边缘，向着雪藏高原的方向久久眺望。在她的视线尽头，雪藏高原像一座被重重雪山托举而起的诸神的宫殿，仿佛存在于现实与虚幻之间，是那么的遥不可及。

五年前，还没有这条小溪，树林才一人高，她就是站在这里，看着一老一少向着雪山的方向迤逦而去。当时她已经有好几个月没见到女儿了，她没想到会看到她们，她真想冲上去，抱住女儿再也不松手，可是她不能，她还要躲到树后，不让女儿发现，然后偷偷地看着她们消失在天边，然后偷偷地流泪。

这些年来，每隔一段时间，她就会站在这里，遥望远方，希望有一天女儿会重新出现在地平线上，可是她每次都会失望。渐渐地，她对女儿的归来已经不再抱任何希望了，站在这里，更多的是在表达对女儿的思念，也只有在这里，她才能平静下来、才能尽情放纵自己压抑已久的情感。

最近一段时间以来，她越来越频繁地到这里来，她真想随着女儿一起永远离开白石林。白石林，已经越来越让她伤心了。

她，原本是快乐的。她曾是尼雅部族最美丽的女人，男人们看到她会慌乱得不知所措，女人们看到她会羞愧地抬不起头，连小孩子也喜欢去摸摸她洁白如雪的脸颊。她拥有部落里最勇敢、最有智慧的男人，她拥有他的爱，他是部族的首领，可是在她的怀中他就会变成羞涩的大男孩。后来，她还拥有了一个冰雪聪慧的女儿。她觉得，自己是这个世界上最幸福的女人。可是，一切变化得是这么快，起初她失去了心爱的女儿，后来男人慢慢对自己也冷淡起来。开始女人以为他在忙碌部族的事，可是他渐渐在夜里也很少回来了，终于她发现，他睡在了别的女人的房子里。艾雯并不怪她的男人，她知道他渴望有一个儿子，而自己自从有了女儿后就再没有过身孕，可是她仍然伤心不已。日子一天天好起来，可是又有什么用呢？看着那女人一天天微微隆起的小腹，她的心都要碎了。她真希望回到以前的日子，再艰苦她也愿意。

想着，想着，泪水又沾满了艾雯的衣襟。她忽然发现，不知什么时候，从不远处走来一个小女孩。女孩有十来岁，黑发像溪水般流畅，皮肤像羊乳一样洁白细腻，眼睛如同夜晚的星星般明亮。她还没有见到过这么美丽的女孩呢。她连忙擦去泪水，挤出一丝笑容。

“您好，白石林在前面吗？”女孩打量着一身华丽丝绸服装的女人。

“就在前面，顺着小溪走就到了。”艾雯连忙回答。

女孩与她擦肩而过，向白石林的方向走去。

艾雯从凌乱的心绪中缓过神来，她的心忽然一颤，她猛地转过身，冲着正在走远的女孩叫道：“尼雅。”

黑衣人步入议事大厅，放下了兜帽，露出一张惨白但英俊的脸。他打量着周围，所谓的议事大厅仅是环列周围的一圈巨大石柱，没有门，甚至没有屋顶，但这些石柱的庞大和上面精美的雕刻显示着来自远古的庄严与神圣。每个石柱的莲花状柱基都被改为座位，尼雅族的将军和谋士都坐在上面，他们的表情似乎充满敌意，不过黑衣人显得镇定自若。他的目光最后落在大厅尽头，一个身着银色盔甲，面容冷峻的武士端坐在一座高台之上。黑衣人有些好笑，这高台从前肯定是一座用来献祭的祭台，现在居然被当作王座，但是看着那人身上的盔甲，他又有些敬佩，身为一族之长竟然时刻甲胄加身，可见这是一个居安思危的首领，这是一个时刻准备战斗的部族。

尼各撒也在注视黑衣人。来人的年龄不过二十出头，却表现出与其年龄不相称的老练，看其一身儒袍和彬彬有礼的态度，似乎是一位学士，可是他配着一柄形制古旧的剑，举手投足间的动作一看便知定然浸淫着多年的武学修为，尤其是他那张惨白的脸，倒像是常年不见天日一般，更令人瞩目的是他的身材，竟然有两个人那么高，简直像个巨人。

“上面就是未来的尼雅之王尼各撒首领吧，”黑衣人向尼各撒拱手行礼，“在下黄金家族萧若寒拜见。”

黄金家族？尼各撒思索着，却没有什么印象。“年轻人，是什么让你来到尼雅古原呢？”

“在下从遥远的雷霆山脉赶来，有要事与您单独密商。”萧若寒答道。

“有什么事，现在就可以讲，在座的都是我族兄弟，我能知道的，他们就可以知道。”

萧若寒垂手不语。

“这里有肥嫩的羊肉和香醇的美酒，客人用过之后，就请回吧，送客。”尼各撒摆了摆手。

“我是为了挽救尼雅的灭亡而来的。”萧若寒正色道。

“我族虽偏居古陆一隅，身处寒苦之地，但连年倍受天泽，人丁兴旺，况且我族向来与世无争，又有数万精兵，何来灭亡之险？讲！如若蓄意危言耸听，可休怪我族没有待客之道！”尼各撒不怒自威。

“近年来，贵族虽然人口增加了数倍，又得到了绿河草原，甚至还有几个小族前来投靠，但别忘了，全部这些，您都要感谢一个人，”萧若寒微微一笑，“这个人就是楼兰帝国的祈容国王，若不是他的大军灭了卡林国，贵族所得到的这些恐怕永远都是幻影，不过您大可不必向祈容帝俯首称臣，全古陆都了解这位国王，他没有属国，也从来不需要属国，每隔三五年他就会消灭掉一个邻国，此刻他正忙于镇压卡林国境内的残余势力，尚无力它顾，但过上几年……不要说这是一片没用的戈壁滩，他这个人对土地有着永无休止的欲望，更不要说您还有数万精兵，虽然他们是最勇敢的士兵，但是根本无法与楼兰的百万雄师相抗衡，”他毫不示弱地盯着尼各撒愤怒的眼睛，“我所说的虽然不好听，但句句是实话，相信您的心中也早就在考虑这些问题了。”

良久，尼各撒的目光由愤怒变得平静下来。

“那么先生此次前来，又有什么指教呢？”尼各撒缓缓说道。

“与其坐以待毙，不如先发制人，”萧若寒斩钉截铁地说，“当然，以贵族的力量还远远不够，好在楼兰国倒行逆施，早已引列国共怒，我黄金家族已经与几个国家联盟，准备起兵讨伐楼兰，我此次前来就是为了黄金家族与贵族的结盟事宜。”

“你们黄金家族又有多少兵马呢？”

“一万。”萧若寒昂首道。

大厅内传来一阵低声的嘲笑。

“一万？”尼各撒也觉得啼笑皆非，“楼兰可有雄兵百万呢。”

萧若寒身形一晃，宝剑已经在手，身体化作一道黑影，掠过一根废弃在地的石柱。那石柱要两人才能环抱，忽然发出一声脆响，轰然断作两截。

萧若寒还剑入鞘，道：“一万名像我一样的武士。”

尼各撒一整天都在谈事，直到深夜，众人才散去。艾雯连忙拉着尼雅走进尼各撒的房间。虽然没有重建宫殿，尼各撒还是搬进了部族中最大的前后两间的石屋，而艾雯却被另外安置了。外面的大厅里弥漫着浓郁的烟酒味儿，四周的桌子上杯盘交错，一片凌乱，几个妇人正在收拾。尼各撒脸色通红，看来酒喝得不少，正和一个黑衣人交谈。

艾雯没想到还有客人，但已不及退出，加之心中欣喜，便道:“你看，看谁回来了。”

尼各撒已然半醉，平时部族的事务是严禁女人插手的，见是艾雯，当即拍案道:“出去！”

艾雯一时愣在那儿。

这时尼各撒看到艾雯身边的女孩，也不禁一愣。房间里一片寂静。尼各撒站起身，缓缓走上前，他端详着女孩，眼神中还有些疑惑，但慢慢地流露出了一丝温情。“尼雅。”他轻声喊道。他伸手想去抚摸尼雅的脸庞，但立刻意识到还有外人，手伸到一半又缩了回去。他的声音还是那么轻柔:“这么晚了，先随妈妈去睡觉。”

黑衣人也远远望着尼雅，开始还不太在意，但忽然表情严峻起来，眼中隐隐闪过一丝惊愕和慌乱。女孩身上的气息是那么特别，只有他的族人才能察觉到，他们对这种气息是那么的熟悉、那么的刻骨铭心。

艾雯无奈地带着女孩走了。

两个男人又交谈了一阵。此时萧若寒心里烦乱，便起身告辞。尼各撒一直送到门口，萧若寒的客房就在不远处。

见四下无人，萧若寒忽然低声道："有一句题外话不知当不当讲？"

"讲。"看到黑衣人仍在犹豫，尼各撒又道："但讲无妨。"

"我看您女儿超凡脱俗，凤凰之息缭绕在身，实在是半人半神之体，但是……"萧若寒忧虑地看了看尼各撒一眼，"但是她的命相却与您相克，恐怕以后……"

听到这里，尼各撒的心一沉，他想起了弥撒婆婆的话："末日……我看到了你的死亡和部族的毁灭……"

母亲已经睡去。

尼雅的眼睛仍然在黑暗中闪烁。这个房间比离开时的小屋大了许多，里面还摆着一些家具；部族的变化这么大，好像从原始村落一下子跃进了繁华城市；部族的人也变了，一些孩子变成了大人，大人变成了老人，还有一些熟悉的人消失了，屋前空地上还跑着一些不认识的小孩；这一切都变得很陌生，不过这些都不重要，重要的是她又回到了亲人身边，回到了母亲温暖的臂弯。

听着妈妈轻微的呼吸声，看着窗外的一天繁星，尼雅又想起了以前的事情，那些事情仿佛就发生在昨天。

尼雅随着弥撒婆婆走在广阔的天地间。

地势一天比一天高，戈壁变化为绵延起伏的丘陵，又矗立成险峻的高山，而在这些高山背后还有着数不清的直入云霄的更高的山峰……

她们走了许多天，穿越了丘陵，翻过了一座又一座高山……

不知不觉，她们已置身于一个白雪皑皑的冰雪世界。又走过了一片茂盛的铁岩木树林，深入到一条深深的峡谷中。峡谷仿佛是巨人用神斧劈开的一般，两边是陡峭笔直的绝壁，只露出窄窄的一道蓝天。峡谷间狭窄而幽长，黄昏时分她们才走到尽头。展现在她们眼前的是一个被群山环绕的近似于圆形的山谷，在山谷中央，依稀可见一片冰封的建筑遗迹，这座遗迹并不大，但保存得十分完好。

天色完全暗下来，她们就在遗迹中过夜。

夜已经很深了，尼雅却无法入睡。她睁着眼睛，看着天空清冽的繁星。周围静得出奇，因为高山的阻挡，甚至连风声都没有。这是一个与世隔绝的沉睡中的世界，可是尼雅真切地感到有什么潜入了她的身体，与她的心脏一同搏动。她从未到过这里，梦境中也没有见到类似的景象，可是她却觉得并不陌生，甚至有一种莫名的归依感，仿佛已经离开了千百年，在她即将忘却的时候，她又回来了。

她知道，这里就是她最终的目的地，她将在这里度过一段漫长的时间，至于这段时间有多长？是一年还是一世，她不知道，没有人知道，那是命运的安排……

阳光透过群山，射进山谷。

这里曾是尼雅女神的神庙，是尼雅族的禁地，况且由于部族的衰落，它早就淹没在尼雅的历史中了。

神庙保存完好，看样子已经有几百年没有人来过了。在每栋建筑的石壁上都刻满了古代的文字。尼雅就是从学习这些文字开始了她的苦修。

部族中能识别这些文字的人只剩下弥撒婆婆了，不过即使弥撒婆婆也只能解读出很少一部分。为此，婆婆感到万分羞愧，对尼雅的要求也格外严格。

尼雅学得很快，她对此充满了兴趣。不久，婆婆就再也没有什么可教的了。

这时，尼雅已经沉浸在这些文字传达的信息之中了。一个个历史事件、一个个传奇故事、一个个上古神话……她置身于自远古淌来的历史长河之中，目睹了辉煌灿烂的文明世纪，感受着毁灭来临时人类的绝望，也看到了浩劫之后，人类又坚强地再次站立在荒芜的大地之上……

时间在不知不觉中一天天过去了……

她已经学会了很多，可是这还远远不够，还有浩如烟海的文字没有读，还有许多字她根本不认识，还有许多问题她得不到答案。

她开始尝试着从字里行间推测生字的意思，这可是一件艰苦的工作，而且进展甚微，好在她有的是时间，这里没有干扰也没有娱乐，她生命的全部意义似乎就在于破解这些远古的记忆。

弥撒婆婆已经帮不上什么忙了，只负责她的饮食起居。

一年又一年过去了，对尼雅却像是一天一般，她已经忘了母亲，更忘了荒原上那个曾经熟悉的部族。

不过，一成不变的日子还是起了变化，弥撒婆婆病了，又过了一段时间，婆婆的病愈发严重，以至卧床不起。

那天晚上，婆婆忽然精神好了起来，她带着尼雅来到了神庙后面一间不起眼的小石屋。屋内空无一物，婆婆推动了一个开关，地面上突然露出一个深邃的洞口。顺着阶梯，她们深入地下。下面是一个规模不大的房间，但里面整齐地陈列着许多密密麻麻刻满文字的金属片，在房间中央的石台上，摆放着一尊小小的雕像，只有拳头般大小，是一只展翅跳舞的神鸟雕像，在火把的照射下，闪着七彩微光，不知是什么质地。

“这是凤凰神鸟的雕像，我族的力量之源，是世间最强大、最神秘的神器,从今以后你就是她的拥有者了,”婆婆剧烈地咳嗽起来,“本来你还小，还不到拥有它的时候，可是我的时间不多了，”老人的目光充满期望，“这些金属书籍记录着传自神话时代的咒语，你要把它们背诵下来并理解它们的含义，我族能不能在古陆生存下来，能不能重现往日的辉煌，全在于你的领悟。”

然后弥撒婆婆就去世了。

尼雅手握凤凰雕像，犹豫了片刻，然后决定留下来。

日子一如既往，只不过少了说话的人，只不过每隔几天她就要出谷，到外面去弄些吃的。山谷外的森林中有许多依附在铁岩木脚下的藤萝果，四季皆有，虽然坚硬些，口感倒还可以。

真正让尼雅头疼的是那些金属书籍，文字还是那些文字，但组合在一起却全然不成句子，更无法知道它所要表达的含义。尼雅换了很多种方法，仍旧没用。无奈之下，她只得生生将其背诵下来。这可是一件极为艰苦乏味的事情，往往记了后面又忘记了前面。

四季轮回。

时间如流水般把尼雅的心境洗涤得宁静而淡泊。

这一天，尼雅正埋头在铁岩木间采摘藤萝果，忽然感觉到什么物体正在接近自己。她抬起头，看见一只动物就站在两步开外的地方。尼雅开始以为是一匹马，这个动物浑身毛色雪白，连四蹄也被包裹在长毛之下，飘逸的鬃毛整齐地披散在修长健壮的脖颈上，在它的额头上长着一支淡黄色的长角，如短剑一般犀利。

尼雅伸手去抚摸它的鬃毛，它那充满灵性的大眼睛中没有丝毫恶意：“真漂亮，你叫什么名字呀。”

“它叫麒麟，我是小武，她叫米兰。”

声音来自一棵铁岩木后，随后一个巨人般的年轻人从树后走了出来，在他的身边还站着一个秀丽的女孩。这两个人很特别，男人身穿雪豹皮衣，背后插着两柄长刀，但他的右臂却空着；女孩的容貌美丽得如同闪烁的星光，眼睛却闭着。

“你叫什么呀？小姑娘。”青年友好地弯下腰向她行礼。

“我叫尼雅，你们一定是从很远的地方来的吧。”尼雅注意到麒麟的身上已经被汗水打湿了。

“我们从那里来。”青年抬起头，他的目光尽头是插入云间的雪藏高原。

尼雅很高兴，她很久没有人可以交谈说笑了。不知为什么，从看见他们的那一刻，她就喜欢上他们了。

尼雅带着他们走进山谷。

“这就是我们要找的地方了。”小武说道。

“我感觉到了。”米兰点点头，说道。

在神庙大殿中，他们停下脚步。米兰把手放在石壁上，一个字，一个字地抚摸着。

“你认得这些字？”尼雅惊讶，“这是尼雅族的文字，只有我才懂得。”

“不，”米兰缓缓摇头，“这是神话时代的文字，人类在那个时候并没有民族的分别，我们是一家人。”

接着她开始朗读起来，尼雅惊讶地发现她念得竟然分毫不差，一些自己不认识的字，她居然也知道。

尼雅惊喜地把米兰带到密室中，希望她能够解答金属书上的奥秘，谁知米兰摸索着那些金属板，什么也没说，眉头却皱了起来。

夜晚，大家围着篝火坐着，小武拿出一些干肉来烧烤，冷清的房间里有了生气。人虽然不多，大家话也很少，尼雅却非常开心，她又感觉到了人情的温暖和生活的乐趣。

听着尼雅欢快的笑声，米兰把尼雅的小手放在自己的手心暖着，然后轻声说道："你还是一个孩子，应该去享受生命的快乐，你不像我，生来就担负着世世代代的责任，去吧，回到你的部族去吧，回到妈妈身边，"她微微叹息，"你所学习的这些对我们这个时代并没有什么用处，现在的人类只相信手中的刀剑，文明的潮水已经退去，人类的复兴要在很多年以后了。"

尼雅看着米兰，从她的神情和言语中，尼雅感到了她对自己的怜爱，对古陆的责任和对人生的无奈。

"去吧，去做一个幸福的女孩，麒麒会带着你穿过森林、穿过雪山，带着你回到家乡；这里的事情，我来帮你完成，这里的责任，由我来承担。"米兰抚摸着尼雅的手。

尼雅默默地点头。

第二天，小武把尼雅扶到麒麒背上，尼雅把凤凰雕像小心地放在怀里，挥手向他们道别。

“把雕像也留下吧，它虽然与你的命运息息相关，可它会让你的生活从此动荡不安，”米兰劝她，“也许——也许还会引发一场灾难。”

“不，”尼雅想了想，然后摇摇头，说，“我要带着它，弥撒婆婆说，它会给部族带来光明。”

四、意乱情迷

白塔的身影在晨曦中渐渐显现，新的一天又开始了。

这一天是属于尼雅的。

尼雅起得很早，妈妈起得更早。尼雅走出房间的时候，外面已经是一片人声了。妈妈和其他女人们一起在灶坑里升起了炉火，有的烧水、有的添柴、有的在准备食物……晨雾中的营地里到处是冉冉的炊烟和阵阵笑声。尼雅帮不上什么忙，就坐在树墩上看着她们忙碌。眼前的这幅景象她曾经梦到过许多次，可是每次又会在寂寞的苦修中远去，现在好啦，她终于回来啦。

不久，男人们也醒来了，营地里更热闹了。不过男人们吃过早饭，都带着刀剑、盔甲到广场去操练了。别看男人们什么也不干，他们可是女人的主心骨，瞧，男人们走了，女人们也安静了。于是营地里顿时冷清下来，只剩下一些似乎永远不知道疲倦的孩子在嬉戏。

尼雅没有看到父亲，他的早餐是妈妈送过去的。妈妈回来告诉尼雅，爸爸今天很忙，大概没时间来看她了。尼雅倒没觉得怎么样，她是由妈妈带大的，和爸爸一直很生分，不过她从妈妈的眉间看到了一丝不易觉察的忧郁。

中午时分，萨离蓝叔叔来看她了，他好像一点都没有变，还是那么英俊帅气，还抱着尼雅哈哈笑个不停，不同的是他身上换了一身银色的甲胄，上面刻着精美的花纹，可好看了。

不久，穆羽真叔叔带着慕容妹妹也来了。慕容妹妹长大了，可还是那么爱哭，见到尼雅高兴地落泪。穆羽真叔叔却明显地衰老了，额头上多了几道很深的皱纹，两鬓也斑白了，尼雅记得他比萨离蓝叔叔还要年轻几岁呢。尼雅就用手去抚摸他的额头，希望能把那些皱纹抚平。弄得穆羽真叔叔忽然把脸扭了过去。尼雅看到他的眼中竟然泛起了泪花，真是多愁善感的一对父女呀。

穆羽真叔叔送给她一把亲手制作的落星笛，并当场吹了一曲“梦回尼雅”，那婉转苍凉的笛声似乎是一位离家多年的游子回到故乡后在诉说衷肠，让尼雅好感动。

从中午一直到晚上，不断有人来看望尼雅，有儿时的玩伴，也有熟悉的叔叔、姑姑们，还有一些尼雅不认识的大人，他们见到尼雅后都亲热地像亲人一般。妈妈的房间里堆满了各种礼物。

晚上，一堆堆篝火点燃了，一只只杀好的羊放上烤架，大人和小孩们都出来了。星空下，篝火旁，大家载歌载舞，庆祝尼雅的归来，整个营地沉浸在欢乐的海洋中。

尼各撒的大石屋远离营地，也远离那些欢声笑语。

大厅中央摆放着巨大的长方形石案，上面铺着一幅由七八张雪豹皮拼接起来的地图。

萨离蓝、穆羽真、尼布楚、西霆风、龙岩部首领泰零锣、若雪部首领雪远风和绿洲诸部将领正襟危坐在长案右侧；左侧是萨也言老爹、旗云格婆婆与一班各族长老；尼各撒与黑衣武士萧若寒并肩站在石案上首。

大厅内鸦雀无声，气氛紧张，从外面根本看不出里面聚集着这么多人。

“……楼兰军队布署的情况大致如此，我们的计划是：由联盟大军一部率先从楼兰西部发动攻击，吸引驻扎于卡林国的楼兰重兵集团西调；待其退回楼兰之后，我黄金家族武士自巨撼山脉北麓直插卡林江东岸，断其归路；之后，隐蔽于绿河东岸的尼雅精骑向卡林平原进军，歼灭楼兰残部，占领卡林国全境……”萧若寒指点着地图说道，而后抬头看了看众人，又道：“此时，楼兰势必调头强攻卡林江，按照计划，尼雅部务必与黄金武士会合，死守卡林江，待楼兰部队精疲力竭之时，联盟大军主力将从吐藩沙漠绕至卡林江西岸，到时候我们一起发动总攻，将楼兰军队悉数围歼于卡林江畔；当然，根据联盟协议，自此以后，卡林平原将永为尼雅所有。”

众人望着地图，久久不语。

“自古刀兵不轻言，这关系着尼雅的存亡，一定要慎之又慎。”萨也言老爹的话让大厅内的气氛更加沉闷。

“打与不打恐怕由不得我们，一旦楼兰彻底平定了卡林国，下一个目标可能就会是我们。”西霆风脸色铁青说道。

“楼兰大军锋芒正盛，我们联盟部队的数量也并不占绝对优势，此刻开战胜负难定，是不是……再等一等。”若雪部雪远风沉吟道。

“楼兰王祈容被我黄金勇士行刺所伤，生命垂危，他的儿子，卡林亲王祈辉又不知所踪，据说已死在雪藏高原的暴雪之中了，楼兰外表貌似强大，其实内部已人心大乱，岌岌可危，难道我们要在争论中错失良机吗？”黑衣人眼中精光四射。

“你所说的这些，我们目前都无法证实。”穆羽真道。

萧若寒冷笑道：“不如说对我们的诚意还表示怀疑。”

“我们此前从未听说过黄金家族，更不知道各国已建立起对抗楼兰的联盟，就这样让我们把全族的命运都压上去吗？”穆羽真针锋相对与黑衣人对视着，冰冷的目光似乎要刺入对方内心深处。

在两个人对峙的目光中，大厅内响起一片交头接耳之声。

“黄金家族曾是涅褩圣女的禁卫军……”萧若寒缓缓将一个小小的锦盒放在石案上，“这是我们的镇族之宝飞虎啸天印，凭着它可以征召天下还忠于涅褩圣女的血魂战士，而且……”他的目光扫过众人，“我将留在白石林，直到楼兰国破为止。”

又一天过去了，新的一天与往日并没有什么不同，但尼雅的命运已经在这一天注定了。

清晨，人们又忙碌起来，生活似乎也没什么变化，但是从人们慌张的眼神和阵阵窃窃私语中，可以感受到一股忧虑不安的气氛迅速扩散开来，不久就笼罩了整个白石林。

“男人们要打仗了。”

“尼雅要与楼兰开战了。”

“难道和平的日子结束了吗？”

……

尼雅走在营地间。她对大人们的事情并不关心，她还是个孩子，刚刚重新开始一个孩子的生活。

她手里抱着一罐羊肉汤，走过营地中央的空地，经过穆家和西霆家的石屋，穿过一条石板路和一片晾着羊皮的木架，来到一座矮小的石屋前。

她要去看望萨月儿，在尼雅的心里，除了妈妈，最亲近的就是月儿姐姐了，可是回来两天了，却一直没有见到她，询问妈妈，妈妈说她病了，于是尼雅一大早便炖好了羊肉汤，要来看望五年没见的月儿姐姐。一路上她还沉浸在回忆中，她们一起在远离部族的干河床里寻找五彩的石子，手拉着手在参天的树林间漫步，拥抱着在夏夜的星空下跳舞……

开门的是月儿的妈妈。看到尼雅，妇人的脸色刹那间变得慌乱起来。尼雅并没有留意，她看到月儿姐姐坐在石桌前忙着什么。尼雅上前几步，把瓦罐放在桌上，然后像只快乐的小鸟一样，一头扎进了萨月儿怀里。

“说什么病了，这不是好好的？呵呵，好像还胖了，脸上红扑扑的，怎么不去看我呢？罚你明天带我出去玩。”尼雅伏在她耳旁撒娇道。

那一刻，月儿愣住了，虽然她早想到会有这样一天，可是她还是觉得百感交集，一时间惭愧、羞辱、不安、忧愁一同涌上她的心头……慢慢地，她惨白的脸上有了血色；惊愕的眼中变得柔情脉脉；她轻轻抚着尼雅的头发，叹息道：“长大了，长成大孩子了。”

“月儿姐姐才长大了呢，瞧，都变成尼雅最漂亮的女孩了，族里面还有谁配的上你呀。”尼雅摸着月儿的脸颊赞叹道。

月儿仔细端详着尼雅，泪珠忽然像断线的珍珠一般滑落下来，她紧紧地抱住尼雅，哭泣道：“这么些年，你到哪里去了，姐姐总是盼你回来，你知道姐姐有多少话要对你说吗？可是等啊，等啊，你就是不回来……”

“我这不是回来了吗？”尼雅为月儿姐姐抹去泪水，“以后我们可以天天在一起了。”

月儿缓缓摇摇头，说：“有些事情错过了，就再也没有挽回的余地了。”

“瞧你，长大了，就变得多愁善感了。”尼雅笑着说道。

月儿拿起桌上的项链，系在尼雅颈上，说：“姐姐送给你这条项链，它是用我们小时候在河滩上捡的石子串成的，姐姐想告诉你，无论如何，姐姐是真心爱着你的，姐姐不想伤害任何人，可是命运有时候就像是一个死结，你怎么解也解不开。”

“月儿姐姐，你有什么心事吗？”尼雅发现她的泪水怎么也擦不干，便有些担心地问。

月儿抬起头，黑沉沉的屋顶像是一团低垂的乌云，压迫着她的心，但是她的目光已经超越了时光。她似乎回到了从前的那些日子，她清楚地记得那个夏日的黄昏，火红的落日刚刚隐去，金色的晚霞像火焰一样在天边燃烧，她在白石林外的小河边遇到了他，他第一次拉起了她的手，他的目光在晚霞中褶褶生辉，她的心一下子沸腾了，像揣着一个小兔子一样狂跳不已，那感觉是多么美好啊；后来几天，他却若无其事，偶尔两人目光相对也没有什么异样，就好像什么事情也没有发生过，她迷惘了，难道那个黄昏是一个美丽的梦吗？她变得魂不守舍，整天都不知道自己在做什么，她的心已经失落在他的目光中了，同时，她又在莫名地期待着什么，可是仍旧什么事情也没有发生，后来她终于明白了，自己企盼与向往的都是虚幻的，不真实的；还是在小河边，黑暗隐没了白石林，迷离的繁星布满天空，她面对静静流淌的河水默默地流泪，她决心忘了他，决心断了那根刚刚发芽的情思，这个时候，他那高大的身影又出现在她身边，轻轻地抱住了她，她“哇”的哭出了声，她诉说着她的思念、她的忧伤，而他就更猛烈地拥抱着她，让她觉得窒息……

想着，想着，月儿的目光渐渐坚定起来。

“尼雅，姐姐已经怀了宝宝。”她盯着尼雅的眼睛说。

“是吗？快让我看看。”尼雅欣喜地抚摸着月儿微微隆起的腹部，“哈哈，以后我就可以抱着他到处去玩了，就像小时候你带着我那样，”接着她又端起了瓦罐，“快趁热喝了，好生个健康聪明的宝宝。”

“尼雅，”月儿的目光严肃起来，“我怀的是尼各撒的孩子。”

尼雅的笑容刹那间僵硬了，瓦罐脱手在地上摔得粉碎。

尼雅没有回家，她漫无目的地走着，渐渐走出了白石林，最后在遇见母亲的树林前坐了下来。她没有哭，多年的孤独生活让她淡薄了情感，坚定了意志。可是现在她真想大声地哭出来，留在她记忆中的小时候的那些美好回忆已经彻底碎裂开来，她的心中乱糟糟的，眼前全是妈妈那孤单的身影，月儿苍白的脸庞和爸爸冷酷无情的面容……

她久久地望着远处的白石林，白石林在湛蓝的天空下一览无遗，可是在她的眼中，白石林又变得那么陌生、那么冰冷，完全失去了故乡的温情。

时间在默默流逝……太阳一路西行……天色渐渐暗淡下去……

一个人影出现在了尼雅视野中，开始还在很远的地方，几乎一眨眼就到了附近。来人很特别，足有两个人的身高，像个巨人，尼雅一度以为是小武来了，便站起了身，就在她要喊出声的时候才发现对方是一个陌生的黑衣人。

“小姑娘，这么晚了还不回家？”黑衣人笑着问道。

尼雅没有回答。她觉得陌生人身上隐隐散发着冰冷、阴森的气息，和小武外表无情但心如烈火的气息截然不同。她不喜欢这个人。

看尼雅略带失望的表情，萧若寒的心一动，莫非……“你见过我吗？”他边问边靠近女孩。

尼雅摇了摇头，忽然她想起在父亲的房间见过这个人，于是又点点头。

“你见过我的族人？像我这么高的人？”萧若寒盯着女孩问。

尼雅毫不示弱地望着对方。这个人的身高和敏捷，尤其是周身流溢出来的强大力量与小武是那么相似，他们肯定属于同一族群，然而小武让人感到安全可靠，而这个人却让尼雅嗅到了危险甚至邪恶的味道，他们绝不是同一类人。“不，我还从来没见过像你这么高的人呢，你是巨人吗？”尼雅装出若无其事的样子问。

这个小女孩在撒谎，她那单纯的眼睛是掩藏不住心事的，这意味着什么？意味着另外一个血魂武士的存在！萧若寒不禁把目光投向已经化作一片灰影的雪藏高原，难道……难道那股可怕的力量已经被唤醒？那将是整个古陆的一场噩梦！

“我想一个人坐一会儿。”尼雅道。

她仍旧沉浸在忧郁的情绪中，心中一团凌乱。陌生人却不识趣地在她旁边坐下了。

“你是个特殊的女孩，我一见到你就看出来了，”陌生人说道，“如果说，有谁能够让这片荒凉的戈壁化作水草丰美的草原，有谁能够让白石林重现往日的辉煌，那么这个人一定是你。”

“我只是一个普通的女孩，我只是希望和爸爸妈妈一起开心地生活，只希望别有那么多人那么多事来破坏它。”尼雅有些失神地说道。

“你的身上有一股强大的生命力量存在，只不过你还没有察觉到它有多么强大、多么可怕，连你那些愚蠢的族人也还蒙在鼓里呢。”萧若寒冷笑道。

尼雅皱了皱眉头，说：“我不喜欢你，不想和你说话。”

萧若寒冷笑着打量着周围，白石林已经消失在愈加浓郁的夜色中了，几十米外看不清景物，树林边一片寂静：“你一个小女孩独自在旷野中，不害怕吗？”他问道。他没有想到尼雅蛮族中竟会有这样一个女孩，女孩身上的力量强大得让他颤抖，这是对黄金家族的巨大威胁，弄不好会毁了他所有的计划，他不能让这种事情发生。他的心中已经有了杀机。现在的时机正好。

“害怕？”尼雅一愣，细想起来，不管是面对凶猛的雪豹还是站立在雷电交加的黑海洋前，甚至在雪山山谷中多年的孤身生活，从小到大她还从来没有害怕过什么呢？她体味出了陌生人话中的含义，看穿了他的心思，可是她仍然没有一点害怕的念头。“不，我不害怕。”女孩出奇地镇定。

萧若寒感到自己的手在女孩清澈的目光中有些发抖，那一刻，他竟然感到了一丝恐惧，这，在他的一生中还从未有过。还在犹豫什么？她不过是个柔弱的小女孩，还不懂得运用那力量，而自己是黄金家族最杰出的战士，这一代最先通过试炼的血魂武士。萧若寒的瞳孔骤然收缩……

“尼雅，你原来在这里，我找了你好久……”夜幕后面露出一个男孩的身影。

萧若寒一惊，为什么自己竟丝毫没有察觉到有人接近？是什么让自己丧失了一个血魂战士敏锐的洞察力？难道自己在不知不觉中被某种力量所笼罩吗？黑衣人已经失去了冷静，他尴尬地笑道：“你们说话吧。”便匆匆消失在夜色中了。

尼雅打量着面前这个陌生的少年武士，他身着盔甲，左手抱着一个头盔，腰间悬着战刀，走起路来就发出清脆的金属撞击声，一张稚气的脸上露出与他年龄不符的成熟，在部族中得到一件金属盔甲是种令人羡慕的荣耀，只有那些经历了惨烈的战斗，至少杀死了十个敌人并且幸存下来的战士才能得到这份荣耀。

“你是萨迦。”尼雅淡淡地说道。如果是在一天前，见到童年的玩伴，她一定会兴高采烈，但是现在，那些快乐的童年往事反而像一把匕首，刺痛着她的心，她真想把它们全都忘记。

看到尼雅冷淡的表情，少年武士有些慌张，脸上腾起一抹绯红，声音也变得紧张起来，说：“我一直在绿河沿岸随着部队巡逻，今天下午才回白石林，听说你回来了，就到处找你。”

“是吗？你们男人总是很忙。”尼雅又想起了父亲，那个整天不回家的父亲，那个让母亲伤透了心的父亲……

尼雅的埋怨让萨迦不知所措，站也不是，坐也不是。

“站着干什么？坐下吧。”尼雅也察觉出自己的态度不好。

萨迦在尼雅身边坐了下来，却留了半个人的空隙。这些年来，自己无时无刻不在想念着她，是她的存在让他在伤重濒死之际支撑了过来，是她的笑容让他在艰苦的生活中有了期盼，可现在为什么自己还与她保持着距离呢？是那变得闭月羞花的容颜让他不敢接近了？还是她冰冷的言语让他感到了隔阂？他尴尬地张了张嘴，多少个夜晚，他对着天边的冷月诉说着自己的苦恼与快乐还有对她的思念，可是现在她就坐在自己身边，他却一个字也说不出来了。

沉默，越是沉默，萨迦越是不知该说什么。

“记得你以前挺开朗的。”尼雅道。

“哦……我……”自己必须要说些什么，面对着凶猛的雪豹自己从不曾害怕，可是为什么现在心“砰砰”直跳？“我也不知道该说什么好。”他呵呵傻笑着。

“那你就坐着吧，我要回去了。”女孩说着站起了身。

“不——别……”男孩连忙起来拉住她的手。

“干什么？”女孩甩开他的手，一脸愠怒。

他惊呆了，女孩一下子在他眼前变得陌生极了。他刹那间感到了隔阂，她已经不是那个自己日夜想念的女孩了。可是他仍不甘心，他试图去解释：“我……不知道……会让你不开心，我……我一直想着你，你看……”他从胸前拿出一串动物牙齿串成的项链，一看那些牙齿的形状和长度就知道全是雪山中最凶猛的野兽，“还记得你送我的那串刺猪项链吗？我一直都戴着；这一串是我为你做的，这些猛兽都是我亲手杀死的。”男孩的眼中露出一份自豪。

“项链，又是项链……”尼雅看着萨迦手中的项链，眼中忽然落下泪来。她猛然扯下颈上那串彩石项链，重重摔在地上，掩面向远处跑去……

萨迦木然托着项链，像雕像一般呆立在那里。他不知道自己错在了哪里？他脑海中还真切地记着那个快乐天真的小尼雅，可是他想不到会是这样一种结局。一道无形的伤口在他心中裂开了，他感到无以复加的悲伤，他所向往的美好未来，瞬间变得一团漆黑……

大厅里只剩下了四个人，但气氛仍然很压抑。

“这些年来，尼雅是恢复了一些元气，但还远谈不上强大，距离羽翼丰满之日更是为时尚早，一旦贸然加入到古陆的争端中，恐怕……”萨也言老爹把探询的目光投向尼各撒。

尼各撒沉吟不语，好久才道：“我族虽然偏居在荒原之上，但若想与世无争只是我们一厢情愿罢了，卡林国多年来对我们的欺凌就是明证，现下古陆正处于动乱之中，各种势力蠢蠢欲动，却又相互制衡，也只有在这个时候，我族才有乱世崛起的可能，一旦局势明朗，那么无论谁取得了胜利，对我族都不是好事情，只要这一次我们能够占据卡林平原，那么无论将来局势会向哪一方倾斜，我们都有了斡旋的余地。”

“对于天下大势的判断，我同意您的看法，”穆羽真说道，“只不过我对这个萧若寒，以及他所代表的黄金家族有一些疑虑，总觉得哪里不对劲，可是一时又看不出来，我们能否暂缓出兵，等一段时间再说？”

“从来客的心中，我感觉到了谎言和阴谋。”旗云格婆婆也点头说道。

“这个萧若寒游刃于列国之间，定然不是什么善与之辈，”尼各撒冷笑道，“但不论此人心怀什么鬼胎，但他有他的想法，我们有我们的对策，此番我率两万骑兵和绿洲部族的骑兵一部前去，会在绿河东岸扎营，即便楼兰大军西撤，甚或黄金家族切断卡林江，我也会按兵不动，直到黄金家族损失惨重，我才会向卡林平原出击，这样，即便此后黄金家族有什么打算，它剩下的那点兵力也不足为虑，而其间若有什么异动，我即刻退回尼雅古原，楼兰国也找不到什么借口，到时候说不定楼兰还会求我们去帮它剿灭黄金家族呢，不论事态如何发展，我们也会左右逢源的……”说罢，他凝重地望着穆羽真：“我留一万精兵给你，还有绿洲部大部分兵力；你要密切注意白石林周围的动静，每天早晚，我都会派出探马与你联络；我走之后，务必加紧完善城防，必要的时候，那些俘虏也可以武装起来；无论如何，一定要保证白石林的安全，这里可是我们的大本营。”

“您放心吧，我在，白石林就在。”穆羽真把右拳放在胸前，坚定地说道。

“萨也言老爹，既然尼雅把命运托付给了我，我会小心的。”尼各撒郑重地说。

“如此这般，我这老头子就放心啦。”老爹爽朗地笑起来。

“你们男人的事忙完了，是不是该说一说我老婆子的事了？”旗云格婆婆道：“自从弥撒婆婆走后，我勉为其难暂时做了族里的尼雅女神侍女，可是你们都知道，我对女神的奥意知之甚少，现在尼雅终于完成了苦修，是不是让她……”

提到尼雅的事，其他人面面相觑，默默不语。

“婆婆，您对尼雅怎么看呢？”穆羽真率先打破了沉默。

“与弥撒婆婆走时说的一样，我从尼雅的身上既看到了部族的光明，也看到了部族的毁灭，实在是我的修行浅薄，不明白为什么在一个人的身上竟然会有截然两种征兆。”旗云格婆婆叹息着摇头。

“你还看到了尼各撒的死，这一点为什么不说呢？”萨也言老爹说道。

“这些都是尼雅身上显示的征兆，并不是尼雅本人所能够决定或者控制的，所以我还是觉得你们的行动应该谨慎，况且我从她身上感觉到了强烈的女神气息，她取代我来成为女神的侍女，当然是再合适不过了。”旗云格婆婆分辩道。

众人陷入沉默，还有一句话大家都没有说出口：“也许，尼雅的降生本来就是一个错误？她不在的时候，部族重现生机，她回来了，部族却陷入无形的危机之中；也许，正是尼雅为部族带来了灾难呢？”

良久，尼各撒才淡淡地说道，“无论如何，等这场战争结束之后再下定论吧。”他忽然感到肩上的担子是那么沉重。

尼各撒在女人的屋前犹豫了一下，才推门走了进去。

灯还亮着，艾雯就坐在桌前，似乎早就料到他会来。尼雅已经在床上睡着了。

“饿了吗？我给你弄点吃的。”艾雯问。

“不，不饿。”男人摆摆手，在她对面坐下了。

艾雯看着自己男人。时间过得真快啊，岁月的刻刀已经在他的额头留下了深深的皱纹，不过在她的心里，他永远都是那个长不大的青年，虽然他们不常在一起，也很少说话，即使目光也很少相对，但是一想起他，她心中就觉得踏实与平静。

“明天就要走了吗？”艾雯问。

“嗯。”男人点头。

一时无话，两个人都默默注视着灯火。

“要多久回来？”女人又问。

“不好说，也许很久。”男人道。

“听说这次很危险，”女人道，“要不我随你一起去吧，也好有个人照顾你。”

男人有些感动。他把女人的小手放在自己的掌心。这几年，自己逐渐疏远了她，甚至一度以为自己不再爱她了，可是他隐隐觉得，有一股浓浓的柔情已经将他们两个人永远联系在一起了。

“虽然危险，只要这一步迈过去，我们以后的日子就好过啦。”男人说道。

女人真想说，她并没有什么要求，只要他在身边，她就是最幸福的，可是她知道男人的心有多么广阔，恐怕只有天下才能够满足他。她只有通过自己努力去帮助他，她也知道，自己能为他做的是那么微不足道。

脉脉的温情随着红润的灯光在小屋内无声地流淌着。

“孩子离开了这么久，应该和她多待一阵子才是，现在你又要走。”女人道。

尼各撒起身走到床前望着尼雅，神色复杂。良久，他暗自叹息一声，伸出手去帮女儿掖好被子。

尼雅的眼睛猛然睁开了。“不，我不要你管，你不是想要个儿子吗？你不是又有了女人吗？还来这里做什么？”女孩喊道。

尼各撒没想到女儿的反应会这么强烈，更没有料到她会说出这些话来，一时愣在那里。

“孩子，你在胡说什么呀，做噩梦了吗？”艾雯的脸色变得惨白。

“是他在外面找了别的女人，是他不要我们了。”尼雅愤怒地指着尼各撒。

“住口！”艾雯情急之下一巴掌打在女儿脸上，但她马上意识到自己做了什么，也惊呆了，自己这一辈子还从来没有打过女儿。

尼雅惊愕地望着母亲。时间仿佛凝固了一般。

艾雯张嘴想要说什么。尼雅突然跳起来，冲出房间，跑了出去。

尼雅不知道自己是怎么跑出营地，又跑出白石林的。尼雅古原的夜晚是寒冷的，尼雅只穿着一件单衣，可是她感觉不到冷。周围一团漆黑，但是她知道自己在向着雪山山谷的方向奔跑。她不懂爸爸为什么会背叛妈妈，更不懂妈妈为什么偏偏还要向着他，她愈发看不懂这个世界了。

黑暗中隐约传来了妈妈的呼唤，一声比一声凄凉，一下下鞭打着尼雅的心。

尼雅奔跑着的脚步渐渐慢了下来。

五、烽烟四起

穆羽真站在白塔顶端，俯瞰着白石林。

时近正午，太阳就在白塔上空熊熊燃烧，岩石构成的城市废墟反射出一片刺眼的白光，像是要融化了一般，整个白石林被淹没在滚滚的热浪之中。大家都躲到石屋中午睡去了，营地中见不到一个人影，连拴在门前的猎犬都无精打采。寂静，死一般的寂静，穆羽真却从这寂静中感到一股不安的气息。

白塔脚下的石板大道笔直地向前伸展着，穿过城市，消失在尼雅古原深处。一个月前，尼各撒率领着两万余骑兵，就是沿着这条路向绿河开进。这是部族有史以来最强大的一支军队。在此之前，尼雅的男人虽然都是最出色的战士，但他们人数太少，甲胄和武器也严重缺乏，聚集在一起倒像是一群乌合之众。可现在，两万人都是清一色的金属盔甲和制式武器，坐骑也统一换成了战马。大军缓缓开进，五彩的旌旗在空中飘扬，一路浩浩荡荡，先锋已经出城，而后卫却还没有出发。士兵们的眼中流露着自豪与渴望，战斗还未开始，血就沸腾了，他们要追随他们的首领，去建立前所未有的功勋，为部族赢得一片可以世代生息的绿洲。

日子一天天过去了，战斗却并没有打响。穆羽真和尼各撒每天都保持着联系，尼雅的探马在绿河到白石林的戈壁上川流不息。各国联盟的军队并没有按时从西部向楼兰发动攻击，黄金家族的军队也没有出现在卡林江畔。穆羽真一度建议大军先撤回白石林，后来尼各撒说黄金家族已经派人来联系了，经过联盟内部协调，攻击时间要稍向后推迟，而让部队在路上徒劳奔波是军之大忌。他赞同尼各撒的决定，战斗实际上在大军出征的那一刻就开始了，此后的每一个决策都要极为谨慎。

等待无疑是最折磨人的。两万大军引而不发，时间越久，出现差错的可能性就越大。这让穆羽真忧心忡忡。前线的事情他无法影响，况且他相信尼各撒是现今尼雅最杰出的首领，他所能做的只有把白石林守护好。

尼各撒带走的几乎是尼雅所有的精锐，穆羽真手上虽然还有一万多士兵，但大多是老人和少年，战斗力要大打折扣。营地中还有几千绿洲部落的士兵，不过这些部落以前依附于卡林国，因为尼雅的崛起才投靠过来，天知道一旦出现意想不到的情况他们的表现会怎样。

白石林外围的城墙已经基本完成，只有几座城门的箭楼还在修缮。考虑到白石林占地辽阔，用这些兵力防守定然漏洞百出，穆羽真抽调大部分俘虏夜以继日在营地周围修建第二道城墙。干了几天，可进展却很缓慢，他赶紧命令所有士兵停止训练，投入城墙建设，所有的妇女除去做饭时间也全部到工地上帮忙。此举让众人议论纷纷，但穆羽真不为所动，还对两名偷懒的士兵罚以鞭刑。

该做的都已经做了，剩下的就有赖于尼雅女神的眷顾啦。穆羽真把目光投向绿河方向，苍茫的尼雅古原上一个人影也没有，本该在清晨到达的探马现在还没有踪影，难道前线有了情况？

直到傍晚，探马还没有回来，穆羽真又一连派出六批探马，叮嘱他们一有消息马上返回，与前线的联系是无论如何都不能中断的。

匆匆吃过晚饭，穆羽真便准备去内城工地上看看，他还没有出门，旗云格婆婆便走了进来。

“我们在白石林里大动土木，是不是惊动了城市遗迹中的先祖们，”婆婆神色惶恐，“尼雅古原已经两个月没有下一滴雨了，连城外的小河都要干涸了，这是几年来都没有过的事情，难道尼雅女神因为我们的行为震怒了吗？”

“我们所做的事情都是为了尼雅的复兴，女神会保佑我们的。”穆羽真说道。旗云格婆婆的话陡然提醒了他，自己以为考虑周全，没想到还是出了疏漏，为什么就没想到在营地中储存淡水呢？在荒凉的戈壁上，淡水无疑比什么都重要，明天一定要在营地中挖掘一个大地窖，再把城外的河水引过来。

今天是个月圆之夜，月光与星光交织在一起，在古陆大地上投下一片淡淡的银光。工地上灯火通明，人们还都在工地上忙碌着。内城城墙已经垒起三人多高了，只有东面刚动工，才开始打地基。

穆羽真刚走到东边城墙附近，就见前面人声鼎沸，有几百个人围拢在一起。

众人见到穆羽真，纷纷让开一条通道。

他看见一个上身赤裸的俘虏被绑在石柱上，背上交错着七八道鞭痕，一个绿洲部族士兵正在后面挥动长鞭，左侧还站着几百名俘虏，情绪显得非常激动，看守他们的士兵已经拔出了刀剑。

“怎么回事？”穆羽真的脸阴沉下来。

“这小子要聚众造反。”执鞭的士兵说道。

穆羽真走到俘虏面前，对方长发披散着，看不到脸。

“在你的国家需要你的时候，你却投降了，现在造反，岂不太迟了。”穆羽真沉声说道。

“早知道这样，还不如战死。”俘虏的声音虽然不大但是却毅然决然。

“时间不晚，我现在就可以成全你。”穆羽真抬手拔出了战刀。

俘虏群里轰然骚动起来，一些人想冲破士兵的警戒线，还有一些抄起了筑城的工具。

“凡有异动者，杀无赦！”穆羽真厉声喊道，但是他的话并没起多大作用。

“大家都安静，不要让我一个人连累大家。”绑在石柱上的俘虏突然抬起了头，露出一张刚毅的脸。

俘虏们果真渐渐安静下来。有几个人高声喊着：

“我们不是要造反，但是你们要把我们当人看。”

“我们已经两天没睡觉了，饭也没有吃饱过。”

“到底是怎么回事？不是你……”穆羽真制止了要说话的士兵，转向俘虏道：“你——你来告诉我。”

“是我不让大家干活的，要杀就杀我一个吧，与其他人无关，”俘虏昂起头说道，“但是我要告诉你，你们尼雅族也曾经饱受他人的欺凌，你们应该知道怎样对待弱者，可是你看看，我们几天没睡觉了，吃的还不如狗粮，如果这样下去，即使你们将来拥有比卡林国大得多的土地，早晚也会被其他族群消灭掉的。”

“你叫什么名字？”穆羽真犹豫了一下，问道。

“融子赞，我是个校官，他们都曾是我的部下。”

“融子赞，”穆羽真挥刀砍断了绳索，说道，“是条汉子！”又回首吩咐道:“今晚让所有俘虏睡觉，重新给他们做饭，记住，要有肉。”

已经午夜时分了，所有的探马如同石沉大海，一个都没有回来。穆羽真在房间内背着手踱步，他的脚步越来越急促。不，这很不正常，一定是出现了大变故，我该怎么办？该怎么办？无论如何不能这么等下去。他走出屋外，抬头仰望夜空，一轮硕大的圆月悬在头顶，不知何时月亮的颜色变成了金黄，上面的斑纹呈现出暗红色，像是正在涌出鲜血的伤口，血月！这是个不祥之夜！

“快去，通知所有将领马上到议事大厅，要快！”他吩咐道，声音中带着一丝慌乱。

他环视夜色中的白石林，人们早已进入了睡梦，没有火光也没有一点声音，只有一座座庞大的建筑群遗迹静静矗立着，一片静谧祥和的气氛笼罩着尼雅古原。穆羽真深深吸了一口清冽的空气，然后默默地体味着这份宁静。他有那么一点留恋和怅惘。他预感到腥风血雨即将降临到这片贫瘠而苦难的大地上……

将官们纷纷步入灯火通明的议事大厅，有几个还睡眼迷离，但马上就被大厅内严肃而紧张的气氛激得一惊，连忙都打起了精神。

“我们已经一整天没有得到绿河的消息了，”穆羽真一身戎装端坐在高台上，严峻的目光扫过众人，“我叫大家来商量一下该怎么办？”

下面传来一阵交头接耳声，众人表情各异。

“我现在就带一队人马前往绿河一探究竟。”尼不楚出列道。

“首领那里有两万大军，即使已经开战也不会在一天之内有什么结果，也许他们转移了驻地，探马没有找到，也许是有什么事情耽搁了，我们……是不是过虑了，”西霆风摇着头说道，“这些天不是一直都很平静吗？况且那黄金武士也一直软禁在族中，能出什么大事呢？”

“把萧若寒带来，”穆羽真向卫兵使了个眼色，然后道，“当前我们再谨慎也不为过，西霆风，你马上领本部人马前往城垣加强戒备，并向城外派出多股探马，一有情况火速报来。”

西霆风领命而去，大厅内陷入短暂的沉默。

这时旗云格婆婆披头散发走进了大厅，她的眼睛布满血丝，目光惶恐，大呼：“我看到了血月，鲜血正在尼雅蔓延，我听到了先祖们在地下的哭喊，尼雅即将大难临头，我要到白塔去向尼雅女神忏悔，神啊，饶恕我们这些无知的子民吧。”

婆婆摇摇晃晃出去了，却把恐慌的情绪留在了大厅。

接着，卫兵惊惶失措地跑进大厅，喊道：“萧若寒，不见了，看守他的守卫都死了。”

穆羽真霍然而起，沉声说道：“恶毒的黄金家族对我们设下了圈套，我猜测……不，我断定，前线一定出现了重大变故。”他望着天空，似乎看到尼各撒正在敌人的重重包围中孤军奋战。

“尼不楚，立刻集合所有能出战的骑兵，随我连夜赶往绿河前线。”穆羽真心如火焚。

“是。”声音未落，尼不楚已经冲出了大厅，片刻工夫又转回来，禀道，“部队集合完毕，我们还有六千骑兵。”

“走，随我即刻出征。”穆羽真跳下高台，手按刀柄，匆匆向外奔去。

“慢，”萨也言老爹一把拦住他，“慎重，一定要三思而后行，巨变在即，越发不能乱了方寸。”

老人的话一下子让穆羽真警醒过来。昨日还得到尼各撒一切正常的通报，如果出现敌情，总会有个风吹草动，他不会一点也没有察觉，何况尼各撒手握重兵，纵然真的遭到攻击，一时也不至溃败，再说如果尼各撒陷入危机，自己手中的六千骑兵又能起什么作用呢？这一走，白石林就等于变成一座不设防的城市，万一有个风吹草动，谁来保护几万部众？而自己的职责不就是确保尼雅部族的安全吗？

穆羽真点点头道：“老人家说的对，我太莽撞了，容我再想一想。”

究竟何去何从，穆羽真陷入两难的境地，对前方的一无所知，让他无从做出决断，按说无论遇到什么情况，尼各撒也不会连探马都派不回来吧，除非……绿河与白石林之间已经被敌对势力切断，那么这又意味着什么呢？难道……穆羽真眼前陡然一亮，他终于知道发生了什么……

就在这时，一个浑身是血的探马被人架进了大厅，来人有气无力地说道:“敌人，正在向白石林赶来。”

“哪里的敌人？有多少人？”穆羽真追问。

“人数多得数不清，都是楼兰重骑。”

穆羽真正待再问，有一个探马连滚带爬地冲进了大厅，喘息着喊道:“西城发现大批敌军骑兵，目前已经突破城门向营地冲来。”

“西霆风将军呢？”穆羽真问道。

“还在西城门御敌，但敌人太多了，恐怕坚持不了多久。”

穆羽真快步走出大厅，站在高坡之上，其他将官也急忙跟了出来，只见西城方向火光冲天，隐约传来人喊马嘶之声，一支举着火把的军队正在沿石板大道向城内快速移动。

此时此刻，穆羽真反而镇定下来，他肯定了自己最后的判断：敌人的目标是白石林而不是绿河的尼雅兵团，只要拿下白石林，尼各撒的军队也就成了无根的浮萍，定然不战自乱，敌人用的是釜底抽薪之计。

“大家按照原计划守好各自的防区，俘虏也要严加看管，随时注意白塔上的指挥信号，萨也言老爹，您要在营地中安抚族人不要慌乱，”穆羽真叮嘱诸人，“此番敌人远道而来，且全部是骑兵，并未携带工程器械和大量给养，只要我们能够顶过今晚，敌人的攻势定然无法持久，我们的大军也会赶回白石林。”

穆羽真的从容让众将领安定下来。他翻身上马，对尼不楚说道：“走，随我迎击敌军，把这帮偷偷摸摸的家伙赶出城去。”

大家迅速分头散去，萨也言老爹远远地注视着穆羽真，只见他与高坡下列队的骑兵会合后，不知说了什么，激起士兵们的一阵呐喊，而后他抽出战刀，率先向攻进城来的敌军冲去，一时间蹄声急促，士兵们挥舞着的战刀在月光下泛起一片白光……

老人喃喃自语：“尼各撒不在的时候，感谢尼雅女神又给了我们穆羽真，我们的部族不会亡。”

微红的血月使夜色变成了半透明的，虽然还有些模糊，但是站立在白塔顶端，旗云格婆婆还是依稀能看清白石林。

整个城市陷入一团灰暗之中，一栋栋巨大的建筑物像是横陈在地的白骨；许多微弱的火光在大地上勾勒出一道圆圈，把白石林环绕在内，那是士兵们把守的城墙；西面城门附近光点尤其密集，大致形成一个箭头形状直插部族营地，而另一个火把构成的箭头从营地中射出，两支利箭迎面相撞，迅速汇集成一个可怕的死亡旋涡；而西侧城墙之外的旷野中，数不清的光点一直向远方蔓延，与星光交接在一起，比较起来，城墙上的火把光亮是那么稀疏，仿佛随时都会被吞没。

不知是白塔太高了，还是被恐怖的战争画面惊呆了，旗云格婆婆觉得一阵眩晕。这情景既陌生又仿佛曾经见过，那是在一个遥远得没有了历史的年代。老人的眼睛恍惚间穿越时空看到了另一番景象：白石林像一个仙境般的城市坐落在绿草如茵的原野上，衣着整洁华丽的人们在城市中怡然自得地生活着；突然之间，天空中风云变色，浓重的乌云遮天蔽日，一道道闪电在黑暗中闪烁，接着，乌云又突然变成了血红色，温度骤然升高，一道无边无沿的火墙从天边掀起，瞬间掠过大地……火焰过后，生物化为白骨，城市变成了废墟，而草原则变成了寸草不生的戈壁……

末日，末日将再次降临尼雅……

旗云格婆婆双腿一软，瘫坐在了地上。族中的女神侍女从来都是一线单传，她并没有学习过女神的历史和咒语，更没有经过试炼，只是终日与弥撒婆婆在一起才耳濡目染了一些。弥撒婆婆带着尼雅走后，她才暂时成了女神侍女，但是她知道，自己对女神的认识是浅薄的，更无法运用女神的强大力量，去为部族驱走黑暗。

她竭力压制着心中的慌乱，一遍又一遍默念着经文。那只是一些最普通的祈福经文，似乎什么作用也不起。作为族中唯一的女神侍女，她应该做些什么，而且她必须去做些什么。她努力使自己平静下来，在脑海最深处搜索着，希望能找到什么办法，弥撒婆婆那些深奥的经文和咒语她偶尔听到过，可是此时她却怎么也想不起来了，即使想起来也不行，不懂得经文的含义，念出来也不起什么作用……忽然之间，她好像看到了一丝希望的光亮，可是那光亮一闪就不见了。她断定，那灵光一显的东西一定能够拯救部族，可是她能够抓住它吗？

她陷入了忘我的境地，所有的神经在大脑深处搜索着……星空愈加迷乱……大地加速向黑暗的深渊坠去……一张张熟悉的脸在她周围旋转……渐渐地她什么也看不清了……

一番血战之后，城门再度关闭，冲入城中的大约八百名敌人悉数被消灭。通过清点人数，尼雅方面阵亡五百，伤七百，穆羽真暗暗吃惊，楼兰重骑不愧是古陆的劲旅，战斗力可见一斑，若不是西霆风在城头死守，用投下的石块阻隔了敌人的后续骑兵，恐怕后果不堪设想。

尼不楚走过来，有些担心地看着他，说："你……还行吗？"

穆羽真低头一看，见自己浑身是血，连忙上下摸索，发现竟然一点伤也没有。

两个人一同登上城楼。穆羽真也对眼前的景象吃了一惊。城门外，敌人点燃的火把汇成了一片红色的星空。

"大约有两万人。"尼不楚判断道："看样子全是骑兵，当然，不是骑兵也不可能一点迹象都没有就兵临城下。"

"他们是想趁我们不备，突然杀进来血洗白石林。"穆羽真冷笑道。

西霆风从城楼另一边跑过来，喊道："小心敌人的冷箭。"

“城上有多少伤亡？”穆羽真问道。

“不足一百，除了与我们对射弓箭，他们没有进攻城墙，”西霆风回答：“他们攻打的目标就是城门，打算破门之后直接向城内冲，要不是你们把城门夺了回来……”他摇了摇头，不再说下去。

“敌人现在虽然退下去了，但是有了第一次突破城门的成功，他们必然会察觉我军兵力不足，肯定还会再组织进攻，只不过可能会改变攻击的方向，”穆羽真说道，“命令其他守军，把所有的城门都用石头封死；尼不楚，你的骑兵就留守在白塔附近，作为机动兵力，哪里被突破，就堵到哪里去。”

西霆风点头道：“幸好来的全是骑兵，城墙将是他们不可逾越的障碍。”

穆羽真望着敌人密集的骑兵阵列陷入了沉思。现在的局势很明朗，所谓的各国联盟与楼兰的战争不过是一个圈套，萧若寒一定是楼兰派来的说客，欺骗尼雅出兵绿河，然后再派骑兵偷袭白石林，之后回头把绿河的尼雅精锐合围吃掉，以最小的代价消灭尼雅部族，只不过他们没有料到白石林会修起了城墙，这道城墙无形中也成了尼雅唯一的希望。只是自己的兵力太少了，分布到漫长的城墙防线上是捉襟见肘，一旦拖下去，敌人定然会制造一些攻城器械，到那时……穆羽真意识到内城的重要性，无论如何一定要尽快把内城城墙完善起来。

时间仿佛在战斗开始的那一刻就被极度拉长了，每个时辰都过得是那么缓慢。

卡林俘虏、族中的男女老幼以及尼不楚的骑兵，所有的人都被动员起来了，疯狂地修建内城东部城墙。然而要想在一夜之间建起一道三里长的城墙有些不现实，尽管城内有的是石料，但当初白石林建城的时候，为了显示文明的辉煌，所用的石块都非常庞大，小块的也有一吨多重，连挪动它们都要费尽九牛二虎之力，就更别说垒到城墙上去了。穆羽真希望外围城墙不被突破，至少能坚持得更久一些。

偷袭未成，楼兰军队又连续组织了两次攻城行动，一次还选在西门，另一次改在南门，幸好守军已有所准备，在城头储备了大量石块，两次都被雨点般的石块和羽箭射了回去。不过尼雅方面也损失惨重，楼兰的弓骑兵虽然处在仰射的不利位置，但是他们的准确度却是尼雅守军望尘莫及的，楼兰士兵的战斗力远远超出了原卡林国的军队。

接连三次攻击失败之后了，楼兰骑兵从城墙附近后撤，熄灭了火把，没入黑暗之中。

一个时辰过去了，又是一个时辰……天色已接近黎明，群星从天幕褪去，月亮也淡化为一团白影，这正是一天之中最黑暗的时刻。

敌人像是突然从空气中消失了一般，如果不是城前横陈的尸体，简直会让人以为他们从没有来过。

黑夜将尽，光明就要来临，大地上是一片祥和和宁静。人们恐慌的心情渐渐松懈下来，一些人的脸上露出了胜利的微笑。“敌人撤退了……我们的城墙坚不可摧……尼雅打胜了……”这样的猜测在人群中蔓延。

穆羽真的脸色却越来越难看。他知道，寂静之后是隐隐的杀机，一场致命的暴风雨随时有可能掠过白石林。

他离开城墙施工工地，向白塔奔去，登到半腰的时候，正好碰到旗云格婆婆从塔顶摇摇晃晃走下来。

“你们没有赢……”老人突然抓住穆羽真的胳膊，“你们也不会赢……你们面对的是古陆最邪恶的魔王，我看到了……看到了尼雅的灭亡，你们所有人都会死，因为你们冒犯了祖先、冒犯了尼雅女神……”

“不，我们还有最杰出的首领和最勇敢的武士，只要还有一个人，尼雅就不会灭亡。”穆羽真坚定地说道。

“没有用……你们怎么做也没有用……你们当中有人亵渎了尼雅女神，你们必须要接受惩罚，我是尼雅的女神，只有我才能拯救你们……你们务必要遵从我的旨意……”婆婆的声音高亢，但布满血丝的眼睛发散出来的光线却是涣散的。

穆羽真暗自摇头，他得看出旗云格婆婆已经因为巨大的压力而精神失常了。

“执迷不悟的凡人们呀，我是你们至高无上的女神，只有我才能救赎你们的灵魂……”老人高喊着跑下了白塔。

旗云格婆婆的变化让穆羽真的心情更加沉重起来。他站在塔顶向远处张望，城墙之外一片夜雾涌动，看不到一个敌人，不过他知道，敌人就隐藏在夜雾后面的某个地方，正在酝酿着下一波攻击，而那次攻击以又将是最致命的，敌人已经了解了尼雅城防情况，他们不会再重复原来的失败，他们一定会运用不同的攻击方式，从意想不到的地方突破，换了穆羽真也会这么做。

穆羽真陷入两难，直觉告诉他外围城墙肯定要被突破，应该尽快把部队撤到内城来，可是内城城墙并不完整，在形成防御体系之前必须依靠外城来拖延时间……他不禁望向更远的西方，现在的兵力是无法长久坚持的，但愿绿河的尼雅大军没有遭到攻击，但愿尼各撒已经知道了这里的情况，但愿他们正在兼程赶来，他们能否及时回援决定着尼雅的存亡。

“这个人非要见你。”尼不楚带着一个人登上了白塔。

“仗打到现在，大概双方都摸清了对方的底细，相信很快就会摊牌，想来想去还是应该把话说出来，就当感谢你的那一顿肉吧。”来人正是叫融子赞的卡林俘虏。

穆羽真点头默许。

“你们还没有真正领教楼兰铁骑的强悍，前几次攻城不过是在试探，真正的大战就要开始了，外城必然不保，必须保存实力死守内城，当然现在所有的问题都集中在那段未完成的城墙上了，你在这里忽略了一个问题，”融子赞似笑非笑，说道，“抛去战斗力不谈，敌我双方的数量是不相上下的，敌人的优势在于他们是骑兵，而对于骑兵来说，一道深沟与一道城墙是没有区别的，可对于我们而言，挖一道沟却比修城墙要简单得多，况且原来的地基挖得就够深了，所以我们根本不必着急修城墙。”

“尼不楚，马上照他说的办。”穆羽真说道，又上下打量着融子赞，“你说的这些话可不像是一个校尉能够说出来的。”

“我原本不是卡林国人，只是因为我父亲追随了卡林国王，我应该也算卡林国的贵族吧。”融子赞苦笑道。

正在这时，火光突然从四个方向的城门燃烧起来，喊杀声此起彼伏，打破了清晨的宁静。

“终于开始了，外城的人肯定撤不回来了。”穆羽真暗自叹道。

“年轻的首领，你现在好像严重缺乏士兵，”融子赞说道，“我还有一万具有作战经验的士兵，如果你把他们重新武装起来的话。”

“凭什么相信你们这些俘虏不会临阵倒戈？”尼不楚问道。

“你们只能来赌一赌了。”融子赞若无其事地说道。

“给所有俘虏发放武器。”穆羽真命令道，说罢抽出自己的战刀放在融子赞手上，说：“如果我们都能够活下来，以后，你就是我的兄弟。”

虽然同时进攻四门，但重点在南门，其他均是牵制性的佯攻。在消失的这段时间里，楼兰军队已经从树林中砍伐了树木，临时制作了攻城锤。当他们利用圆木作为车轮，推着笨重的攻城锤缓慢接近城墙的时候，守军所有的注意力都集中在城门附近，而此时一对士兵借着黎明前的黑暗，凭借几架云梯，从侧面悄然登上了城墙。

把守南门的是绿洲部族的部队，他们的战斗力和战斗意志要远低于尼雅族，他们所有的信心都源自这道城墙，当楼兰军队出现在城头的时候，他们很快便崩溃了……

城门很快就被砸开了，楼兰大军如同决堤的洪水，势如破竹一路直奔内城。他们并没有攻击南面内城，而是径直向未完成的东城扑来。看来楼兰骑兵对白石林的情况了如指掌。

当第一名楼兰骑兵接近东城的时候，看到的是一道三里长的犬牙交错般的建筑工地，有些地方已经呈现出城墙的雏形，但更多的是长达数十米的缺口，再有两天的时间它就可以建成，成为阻止楼兰铁骑的巨大屏障，可惜尼雅看不到它落成的那一天了，就在这个清晨，尼雅的一切都将被马蹄和战刀碾得粉碎。

透过天边微明的晨曦，楼兰士兵看到了尼雅族林立的房屋，还看到了在缺口后面列阵的敌人，这些人衣衫褴褛，大多数赤裸着上身，手中持着长矛、棍棒等简陋的武器。听说尼雅族曾经擒获了许多卡林国俘虏，大概就是这些人吧，尼雅蛮族竟然把俘虏派上了战场，可见他们的兵源已经枯竭，难道这些乌合之众就能阻挡楼兰的铁蹄吗？这个士兵的脸上露出了轻蔑的冷笑。他回头看了一眼，数不清的楼兰骑兵正在自己身后聚集。他扬起战刀在空中划出一道弧线，弧线的末端直指敌阵。数千匹战马同时腾起了前蹄，数千柄雪亮的战刀同时挥舞着，死亡的风暴在瞬间形成，向着残破的城墙席卷而去……

冲在最前面的楼兰骑兵并没有察觉缺口处的深沟，他们的注意力全部集中在敌阵中了。就在战刀即将落在敌人头顶的一瞬间，他们突然感到胯下的战马带着自己的身体向无底的深渊坠去，在他们惊恐的眼中看到的是那些俘虏士兵决死的表情。

后面的楼兰骑兵并没有丝毫的停顿，没有什么能让发动起来的楼兰战争机器停止，他们前仆后继地冲上来，深沟很快就被人和马的尸体填满了，接下来就是双方士兵之间猛烈的对抗……

六、血色白塔

楼兰骑兵第一次攻击白石林的时候，部族里仍然比较平静，虽然多年来一直战斗不断，毕竟还从来没有敌人威胁过白石林，不久传来敌人接二连三失败的消息，眼见过了许久敌人也没动静，大家的心情更加轻松起来，只有那些经历过战争的，因为年老或伤残而留在营地中的男人们在默默打磨着手中的武器。

没过多久，穆羽真命令无论男女全部开始抢修城墙，大家才真正意识到战争的紧迫和恐怖。

艾雯带着尼雅也加入了修筑城墙的人群。萨也言老爹派人来劝说她回去休息，她不肯，她觉得尼各撒不在，自己更应该起到表率作用。

尼雅起初跟着母亲一起搬运石头。那些石头太大啦，需要十几个甚至几十个人才能撬动，然后再一点点依靠滚木向城墙方向移动。尼雅毕竟是个孩子，力气太小，几乎帮不上什么忙，只能打着火把在旁边照亮。

过了一会儿，有人把孩子们组织在一起，负责给人们端茶倒水和输送工具。尼雅便离开了母亲和其他孩子一起跑前跑后地忙碌。

城墙工地上有好几万人，没多久尼雅就找不到母亲了。看着这么多人干得热火朝天，尼雅开始时还觉得很新鲜，忙不迭地干这干那，可是干着干着就犯起困来，起初还能忍着，慢慢地眼皮就越来越沉重，头脑越来越迷糊，不知怎么地就偎在一座破雕像后面睡着了。

不知过了多久，有个人绊倒在尼雅腿上才把她弄醒了。她朦朦胧胧看到许多人跑来跑去，每个人都是满脸的恐慌。尼雅站起来想去寻找母亲，可是周围都是人，大家拥挤在一起，一会儿跑向这边，一会儿又跑向那边，完全慌不择路，哪里还看得到母亲的影子。她竭力向远处看，见城墙附近聚集着大批卡林俘虏，他们排列着整齐的队形，手里拿着武器，俨然变成了一支严阵以待的军队；俘虏后面是部族的骑兵，也全部手握战刀，保持着随时准备战斗的姿势。

不祥的预感涌上了尼雅的心头，敌人马上就要来了，一场你死我活的战斗即将开始。她一下子慌了。妈妈，妈妈在哪里？她在人群中来回奔跑，仍旧找不到母亲，甚至连一个熟悉的人也见不到。她想到了家，妈妈一定回家里了。可是她失望了，石屋内空空如也。

她走出石屋，看着四处涌动的人流，心中乱作一团。妈妈一定也在急着找自己，那么她会在哪里呢？自己最后一次见到她是在建城工地上，说不定她还在那里呢。

这个时候，大部分人从工地方向涌入营地，在各自的石屋内躲藏。尼雅却逆着人流又向工地跑。

跑出营地，尼雅来到石板大道，这里的人已经变得很稀疏。一个妇女见尼雅还朝东城墙那边跑，一把抓住她，想带她回营地，却被尼雅甩脱了。

工地上除了大量集结的士兵外，就是堆积如山的石块，见不到一个干活的族人。尼雅在石块堆中逡巡，期望能看到妈妈那熟悉的身影。

没有人注意这个孤零零在工地上游荡的小女孩，所有人的眼睛都注视着城墙外。

一个楼兰骑兵出现在城墙缺口处，虽然他立即陷入了城墙间的深坑，但更多的楼兰骑兵随即也出现了，像一道犀利的闪电，刺入尼雅的步兵方阵。恰在此时，刚露头的太阳射出万道金光。尼雅士兵的眼睛被阳光晃了一下，还没有适应过来，楼兰骑兵已然连人带马撞了过来。第一批倒下的尼雅步兵其实是死在这猛烈的撞击之下的。紧接着，楼兰骑兵的战刀反射着刺眼的晨光落在后面士兵的头上。

楼兰重骑发动起来之后，冲击力是极为可怕的，一眨眼的工夫，最前面的骑兵已然冲到了第十排步兵面前，在尼雅步兵方阵中撕裂开一个致命的V字形缺口。尽管由卡林国俘虏临时组成的尼雅步兵人数将近一万，但城墙的缺口多达十余处，致使战线拉长，纵深不过十四排士兵。步兵方阵一旦被分割开来，立刻就会陷入崩溃，这是古陆世界的战争法则，也是楼兰骑兵横扫古陆的法宝。

步兵方阵后面的尼雅骑兵见此情景一阵躁动，纷纷向穆羽真投去询问的目光。在这种形势之下，必须在步兵方阵溃败之前，将楼兰骑兵的势头遏制住，但穆羽真不为所动，只是默默注视着战局。

楼兰骑兵也感到了压力，而且越来越大的压力。这些俘虏士兵并不是一群乌合之众，他们没有预料的那样不堪一击，扔下武器四散溃逃，反而体现出决死的战斗意志，纷纷挺起武器，如同两堵墙壁，向中间的楼兰骑兵挤压过来，一个死了，又一个补充上来，一排倒下又冲上来一排……

是什么让他们像在捍卫自己的国家一样无畏？是对楼兰的灭国之恨？还是他们根本已处于死地，只有拼死一搏才能赢得一线生机？

步兵们的武器虽然简陋，却正好用来克制骑兵，并且他们似乎很明白对付骑兵的战术，两人长的长矛纷纷刺向骑兵们胯下的战马。楼兰骑兵身着几十斤重的盔甲，一旦离开战马，恐怕移动都困难，更别提举刀杀敌了。

战斗很快陷入胶着状态，楼兰骑兵前仆后继向缺口内冲击，尼雅步兵也不顾死活地涌上前去。敌我双方拥挤在一起，形成了一个疯狂吞噬生命的死亡旋涡……

战术灵活的楼兰骑兵眼见攻击受挫，一面继续向锋线上增兵，保持强大的前缘压力，一面演化为多路阵形，同时从两翼的缺口展开冲锋。

楼兰骑兵毕竟是古陆最强大的一支武装力量，高大健壮的纯种战马，制作精良、防护严密的盔甲和千锤百炼、削铁如泥的战刀都让他们在敌人面前保持着绝对优势，况且楼兰武士的单兵素质和战斗意志都远远强于对手。随着兵力的不断增加，尼雅步兵方阵逐渐不支，开始出现混乱的迹象。

尼雅步兵缓慢后退，那不是溃败，而是在楼兰骑兵重压之下的后退，就像是两个重量级的对手在进行角力，强大的一方将弱小的对手一点点向后推去。

尼雅步兵仍在勉力支持，但是面对雄冠古陆的楼兰骑兵，在人数相若的情况下，后退、崩溃直至毁灭是迟早的事情。几乎每个卡林俘虏也知道这个事实，他们已抱着必死的决心在战斗，只希望能够在自己倒下的同时带上一个敌人。

终于，在付出巨大代价之后，楼兰骑兵同时从三处突破了尼雅的防线。与此同时，尼雅骑兵在穆羽真的带领下加入了战团。

战斗由此进入白热化，交战双方都投入了所有兵力，战斗地点从城墙边缘逐步扩展到整个东部城区。两军也都无法再保持阵形，彼此分裂为无数个小团体交错在一起。此时此刻，战术和策略都不再重要，重要的是谁的力量更大，谁的意志更坚定，谁能够撑到最后那一刻……

尼雅被眼前这疯狂的景象惊呆了。战争旋涡急剧扩大并接近，她却浑然不觉。不断有人倒下，有的身首异处，有的在地上抽搐，飞溅的血点已经落在她的衣襟上。小时候，看到男孩子们武枪弄棒，尼雅还在旁边为他们加油鼓劲，现在她终于明白那是多么危险、多么可怕的游戏。

一个楼兰骑兵从人群中冲出来。黑色的战马向前跑了几步，忽然前腿一弯，轰然扑倒在地，马的脖颈上有一道深深的伤口。马上的骑士沿着惯性打了几个滚，落在距离尼雅几步远的地方。骑士的身上沾满血污，并且不断有鲜血从盔甲的缝隙中渗出，半截长矛还插在他的大腿上，但是他还没有死，他沉重地喘息着，身体不知是因为脱力还是痛苦而剧烈颤抖着。他看到了尼雅，便一点点向她爬过来，眼中满是濒死前的绝望和恐惧。

尼雅犹豫着。这是个袭击部族的敌人，但他也是一个得不到帮助就随时会死去的生命。她向对方走去。

突然间，一匹战马向旋风一样从两个人之间掠过。尼雅看到那个楼兰士兵的头颅随着战刀闪过的白影飞向了半空，接着她的身体被人提了起来。

等尼雅明白过来的时候，她已经被一位尼雅骑士放在马背上了。

“到这里来做什么？太危险了。”尼雅听出是萨迦的声音。

“他已经快死了，”尼雅有些生气，“就不能放过他吗？”

“他手里还拿着刀，”萨迦边回答，边策马向营地跑去，“他死之前会先杀了你。”

尼雅想说不会，可是又不敢肯定，不过她宁肯相信人都有善良的一面，那个楼兰士兵一定希望得到她的帮助，而不是试图去杀死一个对自己毫无威胁的女孩。这么想着，尼雅就愈发觉得萨迦不对了，便生气不再理他。

战马离开战场，带着两个人在石板大道上奔跑，这时候尼雅远远看到了妈妈。她正站在营地边上，身边围着许多人。看样子她正要不顾一切地到战场上去寻找自己，其他人正在竭力阻拦。

“去吧，艾雯姑姑在等你呢。”萨迦俯下身轻轻把尼雅放到地上，又调转了马头。

“你呢？”尼雅问。

“我应该在战场上。”

望着远方狼烟四起的战场，尼雅的心中忽然有些过意不去，萨迦救了自己，可自己刚刚还在生他的气呢。“你要回来……”尼雅的声音低下来，“我等着你。”

她这轻轻的一句话让年轻的骑士热血沸腾，多少天来的烦恼和苦闷一扫而光。他在兴奋中开口想要说什么，却止住了。每一秒钟都有同伴们死去，自己怎么能只顾私情呢？

他的头重新扭向东方，就在他即将催动战马的一刻，他突然感到一丝异样，那感觉就像一只凶猛的雪豹正在悄然逼近，接着他恍惚看到一团黑影夹杂着一道白光向尼雅袭去。

杀死警卫之后，萧若寒并没有潜出城去，虽然那样做对他来说易如反掌，何况他自己的任务已圆满完成，楼兰大军即将兵临城下。他留在城内就是为了尼雅，这个小女孩是一个莫大的潜在威胁，一旦她觉醒，可能就会毁了黄金家族几代人的努力。

有两次尼雅从这里经过，但周围的人太多了，尼雅骑兵还在附近，倘若一击不中反而会失了机会，而现在正好是天赐良机。

萧若寒的剑直刺尼雅胸口。女孩根本不知发生了什么事。一柄战刀从侧面挥了过来。两支兵器相交，宝剑斩断了战刀，却也偏离了目标，从尼雅身边划过。

趁着这机会，萨迦从马上扑到尼雅身上，抱着她向路边滚去。

萨迦的反应速度已经是部族中的佼佼者，翻滚中他已然抽出了身上的另一柄战刀，可是他根本想不到黄金武士有多么可怕，当他跃起身试图与对方决斗的时候，萧若寒的剑又到了，而他只来得及挡在尼雅前面，眼睁睁看着敌人的剑从自己胸口刺了进去。他简直不敢相信自己的眼睛，他曾经杀死过七头雪豹，还有十几个卡林士兵，就在刚才还斩杀了两名楼兰骑士，他自忖已经是族中最杰出的年轻一代了，他无法想象世界上还有这么快的剑，让他根本没有回手的余地。

萧若寒的心中也大吃一惊，这一剑本该轻松将两个人串在一起，可是剑锋穿透了萨迦的身体之后却再也刺不进去了。

尼雅被这一剑的巨大力量顶出去十几米远，摔倒在路边，一下子没了声息。

萧若寒正犹豫着是否要再上去补一剑，忽然一阵剧痛，不知从何处飞来的一支羽箭射进了他的右胸。他抬起头，看到不远处萨也言老爹正再次挽弓，另有十几个伤残老兵挥舞着兵器冲到了附近，后面还跟着一百多人。

萧若寒忍着疼痛向远处纵身跃去。

白石林外城西门的战斗仍在进行。

千余名楼兰骑兵聚集在城门附近，他们的攻击并不猛烈，没有搭起云梯强行登城，也没有用准备好的攻城锤撞击城门，只是远远地与守军对射弓箭。

西霆风明白敌人的意思，他们是想拖住守军，使他们无法增援内城。他也从城楼上清楚地看到了内城的景象。混战还在继续，尼雅一方已明显处于劣势，步兵损失了十之七八，只是依靠骑兵还在坚持着。战场范围扩大到了半个城区，即将逼近营地。有几支楼兰小分队已经冲破了战团，向手无寸铁的族众奔去……如果没有有力的增援，尼雅军队不久就会被消灭干净，而等待尼雅部族的将是一场大屠杀。

然而西霆风只能眼睁睁地看着正在发生的一切，一点办法也没有。自己的手上还有四千步兵，可一旦他们离开城墙前去救援，城外的敌人马上就会破城而入，自己的这些人还没有赶到内城就会损失殆尽。

难道尼雅注定要在这个清晨灭亡吗？西霆风不禁仰天长啸。

仿佛是苍天有感于他的叹息，他的啸声在空中不断回荡，竟然越来越悠远、越来越浑厚，仿佛一阵沉闷的雷声滚过天际。

西霆风一愣，几乎不敢相信自己的耳朵，他极目向远方望去，在辽阔的尼雅古原上，一支庞大的军队正在向着白石林疾驰，九转狐尾在部队上空猎猎飘扬。

部族到了生死存亡的最后时刻。

尼雅的士兵们还在奋力抗击，竭尽所能阻止敌人越过防线，但人数越来越少，他们逐渐淹没在楼兰骑兵的潮水中，形成一个个岌岌可危的孤岛。

穆羽真还是那么威武，在敌群中左冲右突，锐不可当，哪里最危急，他的身影就会出现在哪里，但是跟在他身边的人却越来越少了，只剩下百十名，且还在不断地有人倒下。这些都是跟随穆羽真几十年的兄弟伙伴，每一个诀别的眼神、每一声濒死的惨叫都像是钢刀砍在他心上，让他的心中充满了愤怒与仇恨，也充满了绝望与无奈。如果有什么办法能战胜敌人，他会毫不犹豫地用自己的生命去换取，可是没有，他既无法挽救兄弟们的生命，也无法阻挡越来越多的楼兰骑兵冲进城去，除了仇恨，他将失去一切……

他已经浑身是伤，鲜血在不断喷涌，感觉手中的战刀愈加沉重，而眼前的敌人却越来越多，仿佛永远也杀不完。可是他最重的伤却在心上，尼各撒把部族的命运交在自己手中，现在他却只能眼睁睁地看着它毁灭。要是早些天修建内城，要是早一点把外城的部队撤回来，白塔下有一条通向城外的秘道，要是早早组织族众疏散，要是……自己的失误真是太多了，内心的自责让他痛不欲生。

他前面的战士闷哼一声，从左肩至胸部裂开一道巨大的伤口，一头跌落马下，热血喷溅了穆羽真一脸。随即一片刀影又袭向他的脖颈，他俯身躲过，战刀从马头下翻起，刺入了敌人的小腹。双方战马错过，楼兰士兵捂着腹部翻下马去。他还没有从马背上坐直身子，又一个楼兰骑兵挥刀砍过来，穆羽真索性向前探身，一刀砍断了敌人的马腿，原本奔驰的战马突然来了个急刹车，带着背上的骑士轰然倒地，又连翻了两个筋斗，随即被滚滚人潮吞没。穆羽真一提缰绳，战马从倒下的敌人上空跃过，他借势又斩落一名敌兵。

他这一连串的动作吸引了敌人的注意力，四名楼兰骑兵呈半月状围拢过来。同一时刻，穆羽真身旁的尼雅骑兵又倒下两个，他一时成了孤家寡人。他拨转马头向右侧冲去，使敌人的弧形包围化为一道斜线。第一个敌人与穆羽真对了一刀，战马错过的时候，被穆羽真反手一刀砍在后背上。这一刀力量奇大，竟然砍断了连接盔甲的铁索，碎裂的甲片混合着鲜血四处飞溅。很快第二个敌人的刀又到了，穆羽真仰身平躺在马背上，刀锋堪堪擦着他的鼻尖掠过。躲过了这个敌人，穆羽真径直冲向第三个敌人，两人战刀相交，爆出一篷火花。第二刀，穆羽真置敌人挥来的战刀于不顾，直劈对方臂膀，断了手臂的楼兰士兵一声惊呼，断臂连同战刀从他耳边斜着飞了出去。第四个敌人眼见三名同伴失手，连忙将战刀舞得水泼不进。穆羽真心中冷笑，护住了人，却忘了马，显然对方已乱了方寸。就在这时，他突然感到后背一阵火燎般的剧痛，侧目望去，是第二个敌人又转回来偷袭了自己，紧接着前面的敌人也把战刀狠狠刺入了穆羽真的腹部。

穆羽真忽然觉得自己的身体轻飘飘的，像是一片云或是一粒尘埃，离开了战马向大地落去。眼前的景物变得虚无飘渺，好像这个世界并不是真实的，那一刻他甚至不知道是现实还是在做梦。在视野变得一团漆黑之前，他看到远处的白塔似乎蒙上了一层血色……

白塔下面的秘道已经打开了。

尼雅族的老幼妇孺都在向白塔附近拥去，但是几万人一时又怎么能通过一条窄窄的地道。现场一片混乱，到处是拥挤的人群，哭喊声和寻找亲人的呼唤声响成一片。

萨也言老爹开始时还组织人维持秩序，但不久他就放弃了，面对死亡的威胁，求生的欲望已经让人们失去了理智，没有什么再能控制他们了。他所能做的只有带领族里那些还能战斗的人扼守在石板大道上，为大家多争取一些逃生的时间。

艾雯坚持走在人群的最后，萨也言老爹本来派了几个人护送她们母女先走，但她死活不肯。她认为尼各撒不在，作为妻子就应该承担他的责任，至少不能给他丢脸。

萨也言老爹无奈，只得留下两个人照顾她和尼雅，摇摇头指挥战斗去了。

艾雯抱着尼雅尾随着人群。两个随从要来帮她，她不允。尼雅还处在昏迷中，虽然她身上看不到伤痕，艾雯仍然忧心不已。

后面隐约传来呼喊声，循着声音望去，萨月儿正和母亲相互依靠着慢慢朝这边走来。艾雯犹豫了一下，把尼雅交到随从手上，向她们迎了上去。

月儿一手捂着腹部，满脸痛楚，她的目光接触到艾雯便慌忙闪开了。

艾雯望着月儿，伸手搀扶起她。她恨过她，虽然这些年仇恨已经被磨灭的差不多了，但仍有淡淡的幽怨，现在望着月儿，她忽然明白了，她们是那么的相似，为了爱，她们都在感情的旋涡中挣扎；为了爱，她们都承受着更多的孤独；为了爱，她们都迷失了自我；为了爱，她们也都几乎失去了一切……

白塔附近人山人海，根本就挤不进去，艾雯她们几个人像是一叶小舟，在人群边缘飘来飘去，无助地等待着命运的最终裁决。

越来越多的楼兰骑兵踏上了石板大道，朝白塔下的人群杀来。萨也言老爹带着数千名老兵占据了大道两边的建筑物，用石块和弓箭阻击敌人。尼雅的正规部队尚且在强大的楼兰铁骑的冲击下损失殆尽，更何况这些老弱病残。一阵箭雨过后，尼雅士兵纷纷像折翼的飞鸟一般坠下古城遗址。

看着一队队楼兰骑兵穿过乱石和羽箭横飞的石板大道，挥舞着沾满血迹的战刀向自己头上砍来，人们的眼中充满了恐惧与绝望。有的人呆呆地看着战刀划过自己的身体，有的人捡起石块徒劳地反抗，更多的人在漫无目的地奔跑着、躲避着。

一场大屠杀开始了。失去了城墙和男人保护的尼雅族众，面对蜂拥而入的楼兰骑兵几乎毫无还手之力。楼兰骑兵在人群中纵横驰骋，如入无人之境，一把把战刀毫不留情地掠过无辜的妇女和儿童，人们一片又一片地倒在血泊之中。

艾雯停下了脚步，喘息着环顾着周围地狱般的景象，没有人能够拯救尼雅部族了，尼各撒不行，穆羽真不行，她更加不行，但是她身边还有女儿尼雅和怀孕在身的月儿，自己一定要想办法保护好她们，可是像她这样盲目地逃避是愚蠢的，早晚会倒在敌人的铁蹄之下，然而她一时也没有什么更好的办法。

一个楼兰骑兵径直朝她们冲过来，战马的四蹄翻腾，带起一道烟尘，地面在清晰的铁蹄声中微微震动，它的速度太快了，简直像一阵风，马背上的骑兵已经扬起了战刀，做势欲劈。

艾雯身边的随从连忙跃到前面，举起了刀。然而就在战马从大家面前奔过的一瞬，随从的头颅和举着刀的手臂都飞向了半空，其他人则被战马撞翻在地。

艾雯挣扎着爬起来。那个楼兰骑兵已经远远地冲入了人群之中；月儿正捂着腹部痛苦地呻吟，裙摆下渗出一片血迹；月儿的母亲仰面倒在地上一动不动，后脑枕在一块石头上，鲜血染红了头发沿着石头“汩汩”地流在地上；另一个随从抱着尼雅看着她，面无人色。

她扶起月儿，见她额头上渗满了豆大的汗珠，浑身不住颤抖。

月儿一定是动了胎气，她们没办法再跑了。她看到路边有一处没有屋顶的废弃石屋，便招呼随从，一同搀扶着月儿躲进了石屋。

石屋内倒像是个安全的所在，虽然没有门和屋顶，但厚重的石墙似乎把屋内和外界隔绝成了两个世界，给了她们一种虚幻的安全感。

屋内凹凸不平，四处散落着碎石。随从清理出一块空地，把尼雅放在地上，便提着刀躲在门框后，紧张地注视着外面的情况。艾雯扶着月儿慢慢地坐在尼雅身边。尼雅仍然昏迷着，月儿咬着嘴唇一阵阵发抖。艾雯看在眼里，急在心上，但除了紧紧地握着两个人的手，她却什么也做不了。

哭喊和惨叫声隐隐从外面传来，不时揪动着艾雯的心。忽然，她似乎听到了什么声音一响就消失了，是幻觉吗？不，她又听到了，那声音是那么熟悉，那是尼雅骑兵冲锋时的号角，每天清晨都会在操场上空响起。是尼各撒回来了吗？还是自己的错觉？

仿佛是在证实艾雯的猜测，门口的随从突然欣喜地高呼起来："九转狐尾！骑兵，是我们的骑兵回来啦！"

艾雯几乎不敢相信自己的耳朵，可是这一次她真切地听到了尼雅的号角就在附近回荡，似乎有千军万马在外面奔腾。真的是尼各撒回来了，她心中一阵如释重负般的轻松。她与月儿交换着兴奋的目光，然后她站起身想去看看门外的情景。

随从突然发出一声惊呼，他舞动战刀似乎要去劈砍什么，接着便惨叫一声倒了下去。门口出现了一个高大的楼兰武士。他盯着屋内的人，一步步走了进来。他一定也受了重伤，腹部有一道很深的创口，血染红了他的下半身，顺着裤脚滴滴答答落在地上，一条腿也抬不起来了，一瘸一拐地拖着向前挪动。他一定是想躲到石屋里包扎伤口，却碰上了她们。

虽然屋内是几个女人，但士兵的眼中仍然淤结着浓重的杀气，尼雅的援军到了，这一次楼兰败了，几十年来第一次败了，白石林内的楼兰骑兵都会死，但只要战刀还在手上，战争就没有结束。

艾雯明白了即将发生什么，她伸开双臂，挡在了楼兰士兵面前。

刀光闪过，艾雯倒了下去。但是她慢慢爬起来，踉跄着倒在尼雅和月儿身上，用自己的身体挡住了她们。

士兵走上前，再次举起刀，但是刀没有落下，重伤的随从用尽最后的力气把刀刺进了楼兰士兵的后心。

屋内一片沉寂。

萨月儿木然望着这番凄惨的景象。随从和楼兰士兵的尸体倒在屋子中央；艾雯仰面伏在自己身上，美丽的眼睛已经失去了光泽；尼雅躺在旁边，一点声息也没有；自己的下身止不住地淌着鲜血，与艾雯的血混在一处。她的脑海中一片空白，感觉不到疼痛，也听不到外面族人庆祝胜利的欢呼声。艾雯死了，尼雅死了，孩子也没有了，自己还有什么脸面去面对尼各撒……

她挣扎着直起身，拿起了楼兰士兵的战刀，横在颈间，用力拉了下去。

不知过了多久，尼雅悠悠醒来。可是她真希望自己永远也不要睁开眼睛，那样，她就不会看到眼前的景象了。她不敢相信自己看到的是真实的，她抱着妈妈的身体，可是妈妈的头无力地垂着；月儿姐姐似乎在看着自己，但她脖颈间的伤口像孩子的嘴一样张着。尼雅再也忍不住了，“哇”的一声哭了出来。

七、海市幻影

刺耳的喊杀声已归于沉寂，在绝望中奔跑的人们也都垂手肃立，白石林内血流成河，到处是层层叠叠的尸体。

这是一场没有胜利者的战争，两万楼兰精兵，只有一千逃遁，其余全部葬身在了尼雅蛮族的城市遗迹中，这是楼兰三十年来从未有过的失败，也从此拉开了帝国衰退的序幕；而尼雅损失了四万人，是楼兰的两倍，接近部族总人口的一半，经过那么多年的忍辱负重，尼雅才积累起来的力量又一下子烟消云散，更可怕的是不肯善罢甘休的楼兰大军一定已经在通往尼雅古原的路上了，毁灭性的灾难随时都会降临。

尼各撒走进巨大的拱形大厅遗址。里面躺满了受伤的士兵，呻吟与惨叫声不绝于耳，地上到处是血迹，众人的表情要么痛苦、要么严肃、要么绝望……

尼各撒的脸上看不出任何表情，作为部族的首领，无论再大的悲痛和愤怒都不能轻易流露出来。他一路走过去，逐个查看士兵的伤势，轻轻地抚摸着伤员的额头，用凝重的目光去安慰他们……

穆羽真躺在一张垫着雪豹皮的石床上。他的盔甲已经脱去，浑身裹着血迹斑斑的白布，医师在他的身上找到了二十余处伤痕，但是他还活着。

他苏醒的时候，看到尼各撒坐在面前凝视着自己。

“我没有把白石林守好。”穆羽真感到一阵羞愧。

“你做得够好了，要怪，也应该怪我才对，”尼各撒紧紧握住了穆羽真的手，“我应该对部族的损失负责。”他昂起头，不让眼中盘旋的眼泪落下来。

“到底发生了什么事？”穆羽真问道。

“一定是萧若寒出卖了我们，不，应该是楼兰国为了消灭我们而定下的毒计，”尼各撒回想着当时的情形，“在绿河驻扎了几天，我就觉得有些不对劲，便加强了探马的侦察力度，果然发现卡林国境内的楼兰大军在频繁调动，我开始以为他们要撤回楼兰，谁知四天前的夜里，他们突然自下游渡过绿河，企图包围我们，幸亏我早有所准备，在他们形成合围之前撤了出来，但退回白石林的道路已经被重兵封锁，我虽然预感到族里形势危急，也只能带领部队从巨撼山脉中绕过敌人层层封锁，一路晓行夜宿赶回白石林，没想到还是晚了……”

穆羽真又陷入半昏迷状态，他挣扎着说道：“这么说楼兰大军随时可能卷土重来，白石林不能再守了，必须要想个办法。”

尼各撒默默点点头道：“你好好休息吧，办法会有的。”

从大厅出来，尼各撒缓缓向部族的墓地走去。他回想着穆羽真的话和那殷切的目光，心情变得更加沉重。的确，楼兰铁骑随时可能出现在白石林，而且人数会达到十万甚至更多，可部族拿什么来抵御呢？自己还有三万士兵，可他们远远不是楼兰铁骑的对手，即使白石林的城墙再高大坚固，也绝对无法阻止敌人？撤出白石林？北面是无边的吐蕃沙漠，东面是恐怖的黑海洋，而南方的雪藏高原又是一个充斥着暴风雪的世界，除了世代生息的尼雅古原，部族根本无处可去。即便有一方圣土能够容纳他们，但部族只要离开白石林，就等于失去了所有的保护，而这些老弱病残迁徙的速度定然十分缓慢，很容易被楼兰大军追上，消灭在路上。

一路上不断有人向他致礼，或是用期望的目光注视着他，他们都相信尼各撒会像以前一样带着尼雅部族走出困境。尼各撒的心中却近乎绝望，只是他必须把这份绝望埋在心底，自己是部族的支柱，一旦自己顶不住，部族也会在刹那间崩溃。

部族的墓地扩大了一倍都不止，被残垣断壁遗迹包围的这片空地上，到处是新挖的葬坑，到处是裹着白布的死者尸体，到处是人们悲恸的表情和此起彼伏的哭泣声。这是尼雅有史以来最大的损失，几乎家家戴孝，有的父子均阵亡，有的家庭更是全部灭绝。

尼各撒沉默着走过了人群。他看到了尼雅，女儿坐在一个小土丘上，痴痴地望着前面的两个墓葬坑，艾雯和月儿被洁白的雪豹皮包裹着，躺在墓葬坑中，她们的面容是那么的平静安详，就像是睡着了一样。尼雅一直不让人填土，她总是觉得妈妈和月儿姐姐随时都会醒来，向她露出甜甜的微笑。

尼各撒轻轻抚着尼雅的头，却不知该怎么安慰她才好。又有谁来安慰他呢？恍然之间，两个最心爱的女人俱香消玉陨，回想着昔日的美好时光，她们的一颦一笑仿佛就在昨天。他的心好像被锋利的刀子在一刀又一刀地割，那是一种刻骨铭心的伤痛。看着她们那逝去的容颜，他的血在怒火中逐渐沸腾，如果怒火可以燃烧，他真希望掀起无边的烈焰将这个世界化为灰烬；如果泪水能够滂沱，他宁愿世界尽头的黑海洋涌起滔天巨浪将所有的一切吞没，可是他只能沉默，沉默地望着挚爱的人远去，沉默地等待着黯淡的未来……

他慢慢点了点头，周围的人们铲起土向坑中抛去。尼雅忽然向妈妈扑去，被尼各撒一把抱住，尼雅又“哇”地哭了出来，泪水浸湿了尼各撒的肩头。

“慢着。”旗云格婆婆突然出现在人群中。

她走到尼雅面前，慈祥地望着女孩，和蔼地说道：“孩子，你的妈妈死了，族里还有这么多人死了，我知道你伤心，可是你还希望有人死吗？包括你的爸爸，还有族中所有的人。”

尼雅轻轻地摇摇头。

“为了部族的生存，你愿意做出牺牲吗？”婆婆又问。

尼雅似乎明白了什么，缓缓点了点头，她停止了哭泣，红润的脸颊上还挂着泪珠。

婆婆欣慰地点点头，向着众人大声说道：“这些年来，尼雅女神对我族眷爱有加，可我们却始终无以为报，你们看吧，烈日当空，河水即将断流，草木正在枯萎，尼雅古原将再次荒芜；百里之外，邪恶的军队正在集结，他们将像蝗虫一样消灭这里所有的生命，没有人能够幸免，这一切都因为神圣的女神已经抛弃了我们。”

人群中一片窃窃私语声。有的人面色惨白；有的人跪倒在地向着天空祈祷；有人在问：“我们该怎么办？我们怎样才能得到女神的庇佑？”

“献祭！”旗云格婆婆的眼中闪烁着虔诚的光芒，接着说，“只有献上最虔诚的祭品，才能再度祈福到女神的恩泽。”她的目光落在了尼雅的脸上，“你是我族最接近神的人，你的牺牲才会使天空降下滋润大地的雨露，才会使远方的敌人消于无形。”

“真的可以吗？”尼雅小声问道，但声音小得连她自己都听不到。

她明白牺牲的意思，她也第一次感受到了对死亡的恐惧，她的身体微微颤抖着，明媚的阳光、翠绿的小草、清澈的小河……生命是多么美好啊，可是为了更多人的欢笑，自己为什么就不能付出这一切呢？女孩的心渐渐坚定下来。

墓地里的人越来越多，不安的躁动像涟漪一般在人群中一圈圈扩散。人们都忐忑不安地望着尼各撒。让部族走出灭亡的困境，这是多么诱人啊。“我们还有男人，还有战士，怎么能让一个小女孩去承担责任呢？”有人反对，但是声音是那么无力，很快被另外一些声音淹没了：“为什么不呢？她一个人的牺牲可以换来全族的生存。”“为了部族而献出生命是尼雅的荣耀。”“尼雅，我们会永远记得你的。”

尼雅缓缓走到墓坑中，安静地躺在母亲身边。

人们都注视着尼各撒。

看着女儿抱着妈妈的样子，刹那间尼各撒有一股冲动，他真想马上率领自己的部队冲向远方的楼兰大军，带着一个男人的荣誉与敌人玉石俱焚。可是理智告诉他，他不能这么做，部族再经不起损失了。自己只有这个女儿了，难道就这样看着她离开吗？他又有什么办法呢？如果这样做真的能够挽救危难中的部族，每个人都应该毫不犹豫地献出生命，何况自己的女儿。他想起了弥撒婆婆说过的话，尼雅的身上既昭示着部族的灭亡又可以让部族走向兴旺，也许这就是尼雅的宿命。想到这里，他发出一声长长的叹息，默默转过身去。

旗云格婆婆跌坐在地上，口中不停地念着晦涩难懂的经文。

人们得到了默许，纷纷举起铁铲，雨点般的泥土泼洒下来。

烈日下的白石林突然毫无征兆地腾起一道旋风，墓地上空顿时尘土飞扬，黄沙弥漫。人们纷纷捂住脸，躲避风沙的吹袭。

风声停止，沙尘散去，人们看到一个像巨人般的男子正轻轻抱起尼雅。

“黄金武士！”有人惊呼道。

士兵们纷纷拔剑围住了男子。

“你黄金家族陷我于危难之中，竟然还敢抛头露面，当我尼雅族无人了吗？”尼各撒一声断喝。

男子仿佛当别人不存在，一边用左手抱着尼雅，一边用右边断臂的衣袖为尼雅抚去泥土。

尼雅睁开了眼睛，叫道：“小武叔叔。”说罢泪水“簌簌”地落下来。

“好啦，都过去啦。”小武和蔼地说道，“有我在，没有人再敢为难你啦。”

尼各撒的脸仍然阴沉着，心中却松了口气，看来尼雅与对方相识，似乎也并无恶意。

“你们中了黄金家族的调虎离山之计，要怪也应该怪你们轻信人言，怪你们错判形势，怪你们计划不周，无论如何也怪不到一个小孩子身上。”小武轻蔑地看着尼各撒。

尼各撒的目光逐渐暗淡下去，叹息道：“你说得对，这么多人死去，确实应该由我一个人来负责。”他猛然抽出战刀向脖颈抹去。

众人还来不及惊呼，一颗石子就从小武指间飞出，打在尼各撒手腕上，战刀“当啷”一声落地。

“你到底意欲何为？”尼各撒怒吼道，“要嘲笑我的失误，蔑视我族的尊严吗？”

“很多时候，活着比死了要难得多，你可以撒手而去，可是你的族人呢？你必须带着他们走出困境，这是你的使命，无法逃避的使命。”小武说道。

尼各撒神情黯然，沉默不语。

“住口，你们这些蛊惑人心的妖魔，”旗云格婆婆站立在人群前，怒斥道，“你们的花言巧语就是要使尼雅部族走向灭亡！尼雅必须向女神献出她的生命，才能使部族重现辉煌。”

“一个部族如果把命运寄托在无辜的女孩身上，这个部族距离灭亡也就不远了。”小武言毕，发出一声叹息。

“不，尼雅不同，她的身上封印着神的力量，这力量可以让大地万物复苏，让部族重现生机，但只有死亡才能打破这个封印，尼雅就是为了拯救部族而生的，她知道应该怎么做。”旗云格婆婆空洞的眼中燃烧着狂热的火焰。

“小武叔叔，我知道该怎么做了，这是我的命运，你走吧。”尼雅推开了小武。

“尼雅, 你不懂, 你虽然意识到了自己的力量, 但那是毁灭的力量, 你还不知道那力量的可怕, 一旦它从你的心中释放, 尼雅古原将化为一片焦土, 你一生都应该做一个普通的女孩, 那才是你最好的归宿。”小武真切地说道。

“别再花言巧语了, 我看到了, 我看到了未来, 那是凄惨无比的末日, 你们与我一起来看看吧。”

旗云格婆婆干枯的双手伸向天空。在白塔之上, 目睹部族惨遭屠杀的景象, 她在绝望与无助中煎熬, 头发在一夜之间变得苍白, 她燃烧着自己的生命, 终于从那些繁杂的经文中领悟到了深奥的咒语。她现在就一字一句地默念着, 让神迹展现在这些无知的世人面前吧。

晴朗的天空中突然风云变色, 一股乌云低低地笼罩在白石林上空。乌云不断翻卷着, 凝聚出另一个灰色的白石林, 两座城市遗迹互相倒映着, 让人觉得诡异而神秘。一阵阵撕心裂肺的惨叫声隐隐传来, 人们仰头注视着头顶的白石林, 暗红色的火焰在那里燃烧, 一座座建筑不断坍塌, 数不清的人们绝望地奔跑着, 恐怖的黑色骑士追逐着他们, 刀光像闪电般在乌云间游弋……

“这是神谕。”人群中有人喊道, 人们惊惶失措, 纷纷跪倒在地。

一道圣洁的白光突然出现在一真一幻两座白石林结合的边缘,

开始的时候似乎还非常遥远，但转眼间就到了城市中心，白光所到之处，浓重的乌云像被蒸发了一般，消散于无形，阳光重又普照大地。

直到眼前，人们终于看清，那白光的中心是一只独角神兽，背上端坐着一位白衣少女。

“尼雅女神！”人们再次惊呼。连旗云格婆婆也愕然跪倒，虔诚得瑟瑟发抖。

“我不是你们的女神，”白光散去，女孩与神兽似乎褪去了神的光环，看上去更像是一个普通的女孩，不过女孩的身上还散发着超凡脱尘的气息，让人不敢逼视，“世间本没有神，是你们把所有的寄托幻化为你们的神，其实所有的困难与挑战最终都要由你们自己去解决。”女孩声音不大，但却缭绕在每个人耳边。

“我的神，难道您真的要抛弃我们吗？虽然您变成了凡人，但我仍能够感到您的气息，请原谅我这些年来的无知，从先祖们留下的经文中我已经领悟到了您的力量，您看，您看……”

旗云格婆婆再次伸出双手，仰天念着咒语。可是这次什么也没有发生。

“不，这不是真的，我的确参透了神的意旨。”

她满脸慌张，浑身颤抖着跌倒在地，但是马上又爬起来，不顾一身的泥土，仍然高喊着什么，寥廓的长天寂然无声……老人的声音戛然而止，她的眼神从浑浊变为涣散，她的身体摇了摇，再次摔倒在地上随即昏了过去，白色的口沫从她的嘴角淌下来。

女孩无奈地摇摇头发出长长一声叹息：“真难为你了，那些远古遗留的经卷记载着浩如烟海的知识，却找不到挽救尼雅的方法，更何况你是在盲目地断章取义。”接着她又转向尼各撒。

尼各撒注意到女孩是个盲人，但是他分明感到一道清澈的目光在注视着自己。

“现实与理想的差距拉断了她脆弱的神经，她已经疯了，你们要善待她，但是不能再盲目轻信她的话了，”女孩说道，“尼雅并不属于这里，她的归宿在遥远的北方，我现在就要带她走，当然，你不会不同意，就像刚才泥土落在她头上，你却保持沉默一样。”

尼雅被小武轻轻放到麒麒的背上，与米兰坐在了一起。

“米兰姑姑，我们去哪儿？”尼雅看了看尼各撒，问道。

“尼雅，你的一生像我一样多难，我也许不能改变你的命运，但至少能让你享受到生命的快乐，”米兰发出一声叹息，道，“忘记这里吧，我们走。”

麒麒像一片白云，飘然逝向远方。

小武看着尼各撒说道：“已经没有什么让你更加伤心的了，尼雅的离开可能反而使你更安心一些，告诉你一个好消息吧，楼兰也是这场战争的失败者，你们都上了黄金家族的当，一场大战此刻已在楼兰的西方打起来了，楼兰短时间内顾不上报仇，你的部族暂时是安全的, 但将来怎样, 全系于你一人之手。”说罢, 小武尾随麒麒奔去。

尼各撒望着远方逐渐消失的白点，心中百感交集。

麒麒在旷野中奔跑着，白石林早已消失在地平线上，它奔跑的方向一直向北，向北……

记得许多年前，和弥撒婆婆离开白石林的时候，尼雅是那么的依依不舍, 总是三步一回头, 看着家乡熟悉的白影一点点消失在天际, 可是这一次，她始终都没有回头，她的眼睛只是失神地望着前方。

白石林已成了让她伤心欲绝的地方。那血肉横飞的惨烈战场，那血流如河的大地，还有妈妈那失去光泽的眼睛，这些景象都在尼雅的心中刻下了深深的伤口，让她碰也不敢碰。她宁愿白石林永远停留在当年她离开的那一刻：妈妈为她准备好行囊，站在白石林边送她远行；爸爸和妈妈还是那么相爱，月儿姐姐和萨迦还是那么天真快乐；部族的生活虽然困苦却平静而祥和。可是——可是她真的能把这些血淋淋的现实完全忘记吗?

麒麒不断地奔跑。它的速度已经放慢了许多，可还是让尼雅感觉像腾云驾雾一般。具有灵性的神兽啊，你快快地跑吧，把世间所有的痛苦和泪水都抛得远远的，让新的希望从远方升起。

大地飞快地向后逝去。草原逐渐由碧绿变成了枯黄，最后消失不见, 只剩下贫瘠的戈壁；旁边的小河不停地流, 水流渐渐平缓细小,直至干涸，最初还留有明显的河床，后来就连一点痕迹也没有了。

没有人说话，不知道他们都在想什么，虽然他们每个人的命运都不同，但是各种巧合使他们走到了一起，在这杳无人迹的荒原旅行。

天空慢慢暗淡下来，从湛蓝转换为暗蓝，再变成昏黄，最后夜幕缓缓垂下，繁星悄然泛起。

他们停下来的时候，已经到了尼雅古原与吐蕃沙漠的交界处，站在远处隐隐看到了起伏的沙丘。

戈壁滩的夜晚是寒冷的。小武找来一些枯枝点燃了篝火。三个人围坐在篝火旁，默默吃着干粮。

群星在天幕寂寥地明灭，一轮圆月刚刚显露出淡淡的月影。大地完全隐没在黑暗中，仿佛只剩下这一小团红彤彤的篝火。

“米兰姑姑，我真的可以影响部族的兴亡吗？”尼雅忽然问。

“你认为呢？”米兰犹豫了一下，反问道。

“弥撒婆婆把凤凰雕像交给我的时候说过，我的命运将影响部族的未来，而且从雪山峡谷出来之后，我一直觉得身体里有一股莫名的力量在涌动，或许，就像旗云格婆婆所说的那样，只要我献出自己的生命，就会让部族迎来一个光明的未来。”在星光的映衬下，尼雅眼中闪烁着希望的光芒。

“你和我一样，身上都寄托着人们过多的希望，这让我们始终生活在迷惘与忧愁之中，”米兰叹息一声，说道，“这个世界已经毁灭又重生了许多次，那是生命的一种轮回，也许，无论我们怎么去做，都无法影响未来，可是我们却偏偏要去尝试，即便抛却了生命的快乐，即便让自己陷入万劫不复的境地，也要执着地去做，恐怕这就是我们的命运吧。”

“我不明白。”尼雅一脸困惑。

“我们确实与普通人不同，在我们的体内残留着远古文明的血脉，这让我们能够对遗留下来的文明碎片有更深层次的领悟，也使我们拥有了看似神秘而深奥的力量。现在你已经感到了那种力量的存在，可是千万别轻易去用它，因为我们对自身还缺乏真正的了解，而我们草率的决定会为这个多难的世界带来巨大的灾难。”

尼雅仍然疑惑地望着米兰。

“会明白的，终有一天你会明白的，到那时再做出你的决定吧，”米兰轻轻地把尼雅搂在怀中，像妈妈那样温柔地抚着她的额头，“不要再胡思乱想啦，忘记那些不堪回首的过去吧，平静的生活会慢慢洗涤你心中的噩梦，让你感受到生命的快乐。”

“我们要去哪里？”在米兰的怀中，尼雅真的感受到了宁静，睡意在她的脑海中逐渐扩散。

“我们要到一个没有流血也没有泪水的地方去。”

“真的有那样的地方吗？”

“这个世界本来就应该是那个样子，是险恶的人心让它变得残酷而冷漠。”

尼雅带着无限的憧憬，平静地睡去了。

在天边刚刚泛起鱼肚白的时候，他们又启程了。

他们仍然一路向北，在绵延不绝的沙海中穿行。

一天，两天……

吐藩大漠好像永远也走不到尽头，他们行走在一座座庞大的沙丘间，似乎总是在一个天造地设的迷宫中转来转去。

虽然他们吃得很少，但食物和淡水还是飞快地在减少。

这一天，尼雅望着远处一片干枯的树林停了下来。

“米兰姑姑，我们不能再向前走了，”尼雅黯然说道，心中的希望又破灭了，“我曾经到过这里，在向前，什么也没有了，大沙漠是没有尽头的，我们会死在这里的。”

米兰微微一笑，说：“我们要去的是一个尘世之外的乐园，当然没有那么容易就能抵达。”

日夜飞速地轮回。

向北，向北……

几个渺小得几乎可以忽略的人在广袤的金色沙漠中缓缓挪动，连麒麟那闪电般的速度，似乎也无法抵达大漠的尽头。要不是米兰总能变戏法一样地找到淡水，他们可能早就葬身在沙海中了。

终于有一天，在远方的地平线上，一个草木茂盛的绿洲隐隐显露了出来。

“那是海市幻影，”尼雅非常肯定地说道，“世间并不存在那样的地方。”

“幻影总是可以变成现实的，那就是人类存在的意义，”米兰说道，“尼雅，你虽然诞生在贫瘠的尼雅荒原，但是这里才是你真正的归宿，忘记从前吧。”

下卷·绿湖

一、绿湖印象

绿河是一条神秘的季节河。

每年三月，巍峨的昆仑雪山开始在春季的艳阳下融化。无数条细小的溪流汇集成奔腾咆哮的绿河，穿过山脚下的卡林冲积平原，进入占有全球十分之一面积的浩瀚的吐藩沙漠，并最终消失在荒无人迹的大漠深处。

人们都以为深入沙漠一百公里处是绿河的尽头。绿河在那里形成了一个小小的湖泊，而其他的水分都已经被炎热的气候和茫茫沙漠所吞噬或耗尽了。

实际上这仅仅是另一个开始，绿河从这里成为一条地下暗河，于金色的沙海之下流淌，在八百里之外，那寸草不生的沙漠腹地重新浮上地表，汇成烟波浩淼的绿湖。

水草丰美的绿湖沿岸形成了面积辽阔、生机勃勃的绿洲，绿洲上坐落着古老的绿湖王国。

这是一个大自然的奇迹。没有人知道吐藩沙漠——这片死亡之海的核心竟然是一个仙境般的世外桃源。

当古陆世界陷入混乱的黑暗年代，不同部族、各个国家烽烟四起自相残杀的时候，绿湖王国仍然在平静祥和的环境中发展着，渐渐走在了其他王国的前面，成为拥有星球上最先进的文明的人类。

这个秘密隐藏了一千年。

一直蔓延到天边的高大树林拦住了浩瀚的金色沙海。在树林的边缘，黄沙逐渐被茂盛的绿色植被覆盖。

他们用了半天的工夫才穿越了浓密的树林，展现在眼前的是一望无际的绿色原野，其间点缀着一片片树林，空气一下子清新湿润了许多，连当空的太阳也似乎不那么毒辣了，许多不知名的鸟儿在原野上空自由地翱翔。

他们在原野上行进。

尼雅一路上沉默不语，但是她的眼中却闪烁着欣喜的光彩。她被这番景象惊呆了，原来世界不光是沉寂的荒原，寒冷的雪山和闪电肆虐的黑海洋，竟然还有这么一个仙境般美丽的地方，如果部族的人生息在这里，就不会再有饥饿和战争，妈妈和月儿姐姐她们也就不会死了。想到这里，尼雅又有一些伤感。

原野在他们脚下伸向远方。带着露水的小草摩挲着尼雅的脚丫，让她觉得麻麻的、酥酥的，真是美妙极了。一只小鸟落在不远处，偏着头看了看他们，又鸣叫着飞走了。一棵树冠非常茂盛的大树孤零零地矗立着，其中一个枝桠长长地侧伸出来，像是在向远道而来的客人招手。

原野悄然变化着。一条条鹅卵石铺就的道路出现在田野中，一片片绿油油的庄稼被这些道路分割成了整齐的方块状。不久，一个炊烟袅袅的村庄印入眼帘。这个小村庄只有十几户人家，房屋也显得很低矮，但是它们错落有致地分布在原野间，完全与自然融为一体，显得是那么宁静、和谐。

他们经过村庄的时候，村民们站在路边，新奇而高兴地远远看着千百年来第一次穿越大漠远道而来的客人，孩子们围绕着他们跳啊、笑啊，大人们为他们端来了水和食物。当村民们看清米兰的面容之后，表情突然变得惊讶起来，而后是一阵慌乱，继而所有人都虔诚地跪倒在米兰脚边。

尼雅迷惑地看着村民，又看了看米兰，不解地问道："他们——他们都怎么了？"

"与你知道的那些只知道贪婪和杀戮的野蛮人不同，他们还保持着远古流传下来的信仰，"小武目光复杂地说道，"我们应该感到庆幸，大漠阻隔了背叛与野蛮，文明的火种还在这里保存着。”

穿过村庄，他们继续行进。

前面的村庄越来越多，人越来越多，渐渐地还出现了许多城镇。尼雅还从来没有见过这么繁华的城镇，宽阔的石板大道上车水马龙，人们都穿着漂亮的衣服，脸上洋溢着会心的微笑；两旁是此起彼伏的高大建筑，这些建筑都是用木材和砖瓦搭建起来的，上面画着各种美轮美奂的图案，与白石林的石制建筑截然不同，显得更加美丽和精巧。

他们所到之处都受到了人们的热烈欢迎，但是尼雅看得出来，那欢迎绝对不是因为他们是远道而来的客人，从他们虔诚而敬畏的表情上她能够看出来，他们分明是在迎接归来的国王或者女神。

“姑姑的家乡就在这里吗？”尼雅问。

“不，我们和你一样，都是第一次踏上这片绿洲。”小武回答，他的目光却望着米兰，看到米兰波澜不惊的脸上竟然露出了一丝笑意，小武也爽朗地笑了起来。

这个世界上有太多的苦难，而他们身上又有太多的责任，借着短暂的宁静，让他们尽情享受生命的美好吧。

穿过原野、穿过村镇、穿过躬送的人群，他们在如画的绿洲中连续行走了三天。

不经意间，从稀疏的树林后面露出了一片波光粼粼的水面，转过树林，一个辽阔如海的湖泊从脚下拓展开去。湖泊上空没有翻卷的乌云，没有隐现的闪电，湖中也没有波涛汹涌、巨浪滔天；这个湖泊是那么的平静，微风拂过水面荡起一圈圈涟漪，湖水轻轻涌动着，在湖岸边起伏；蓝色的天空倒映在湖面上，把湖水也染成了晶莹剔透的宝蓝色，金色的阳光照射在湖面上，像是泼洒下的璀璨星光。

尼雅轻轻地走进岸边的湖水，像是怕搅碎了这平静的湖面。湖水是那么的凉爽、那么的柔润。她举目向远方眺望，湖面一直延伸到天边，根本看不到尽头，在右侧湖岸的远方，在原野与湖泊的环绕中，一座金碧辉煌的城市像幻影一般矗立在蓝天白云间。

“这湖泊和城市只有在神话中才可能出现。”尼雅赞叹道。

“这就是绿湖王国，古陆世界的文明传承之国，黑暗中的最后一点光明。”米兰介绍道。

他们又走了半天，梦幻般的城市变得逐渐清晰起来。绿湖王国的都城艾斯特拉达，守护远古英雄灵魂的卫城，它有着一道壮观的白色城墙，城内的建筑都被城墙遮挡住了，只有几座金色巨塔的球状塔顶从城墙后面耸入云霄。

在他们距离城门还有一段距离的时候，一群身着白衣的侍女簇拥着一架六匹白马拉着的银色马车迎了上来。

一阵爽朗的笑声从人群中传来。“我的圣女，是什么事情让你耽搁了？”一位满头白发的老婆婆走出人群，亲热地抱住了米兰。

“赛里木婆婆，您的身体就像常青树一样健康。”米兰说着抚摸着老人的脸颊。

“我在这里养尊处优，哪里像你，要在这险恶的人世间奔波。”婆婆怜爱地叹息道。

“这一次，我要在您这里享一享清福了。”米兰似乎没有察觉到婆婆的情绪。

“这就是你的血魂武士吗？”婆婆恢复了常态，望着小武说道，“我们涅槃族几代人都没有血魂武士护卫了，有了他的保护，我们才能重新找回昔日的荣耀。”

“您看我还带来了谁。”米兰拉着尼雅的手说道。

尼雅也抬起头端详着赛里木婆婆。老人的年纪肯定比弥撒婆婆大，可是她的面色红润，连一点皱纹也看不见。尼雅注意到，她与米兰姑姑一样都是盲人，不同的是米兰很少笑，眉间总是带着淡淡的忧伤，而婆婆的嘴角却一直含笑，好像什么烦心事都没有。实际上尼雅更喜欢赛里木婆婆一些，她让尼雅感到了在妈妈和弥撒婆婆身上失去的慈祥和温情。

赛里木婆婆看到尼雅的一刹那，脸色变得惨白，她弯腰注视着尼雅，半天才挤出一丝笑容，但是她的声音仍有些颤抖，她说：“我的孩子，你的眼中隐藏着忧伤，就让绿湖人的热情融化你心中的寒冰吧。”

“古陆都在风传我们涅槃是厄运一族，走到哪里，就会把灾难带到哪里。”米兰淡淡说道。

“那是他们已经迷失了信仰。”婆婆说道，“先到我那里歇一歇吧，晚上国王还要为你们举行欢迎晚宴呢。”她想装出若无其事的样子，可是心情却怎么也轻松不起来。

一行人向艾斯特拉达城走去，他们的身影逐渐被高大的白墙吞没。通过城门的时候，尼雅抬起头，现在这白色的城墙显得是那么雄伟，自己看起来是那么渺小，城门上幽长的门洞就像是一个穿越时空的隧道，门洞的另一端，数不清的更加雄伟华丽的建筑耸立在晴空之下。

尼雅觉得自己就像做梦一般。这一定就是米兰姑姑所说的仙境般的乐土了，我将在这里感受到生命的快乐，尼雅自语道，可是她的心里却泛起一丝淡淡的忧伤，要是妈妈和月儿姐姐在这里该有多好啊。

穿过一条条宽阔的大街和一栋栋雄伟的建筑，他们来到了一座面积很大的寺院。尼雅对寺院后面小山上的神塔印象深刻，它几乎占据了寺院三分之一的面积，与白石林那用岩石堆砌的螺旋型白塔不同，这座神塔是用木材和青砖建造的，每一层都有线条优美的飞檐和造型各异的雕塑，一层层叠加在一起，直入云霄，让人感到既精美绝伦又壮观无比。

尼雅被单独安置在一个房间内休息。房间内散发着淡淡的幽香，不知什么质地但柔软温暖的被褥，以及多少天来的劳累奔波，让她很快就睡着了。

不知过了多久，一阵动听的鼓乐把尼雅唤醒了。她看到米兰姑姑就坐在床边，天色已经很晚了，房间内点着几支蜡烛，门外是一天繁星。

“这些天一定把你累坏了，真想让你多睡一会儿，”米兰说道，“不过晚上的宴会还是要参加的，霍烈国王可是一位慈父般的君主，你以后有的是时间睡懒觉。”

国王的王宫就在寺院的对面，占地面积比寺院小一些，建筑虽然更华丽一些，却没有寺庙那般雄伟。绿湖王国是一个政教分离的国家，国王负责管理国家的一切事务，涅槃女神的圣女具有至高无上的权力，但她们始终置身度外，从来不干涉国家事务。事实上，王国治下的人们在生活中依靠国王，精神则归依于涅槃女神，千百年从来没有变化，国王与圣女的关系融洽得就像一家人一样。

欢迎宴会在国王平日议政的勤政殿举行。霍烈国王早就带着官员们在大殿门口等候了。

上一次黑星降临，古陆世界所有的文明毁于一旦，灾难性的文明退潮持续了一千年甚至更久，只是由于吐蕃沙漠的阻隔，绿洲上的人们才没有经历黑暗年代的世界性动乱，并且在一片废墟上重建了文明，因此远古文明的一些思想和信仰才得以在这里传承下来。

涅槃族在古陆各地遭到迫害和亵渎，已然消失了踪迹，而绿湖王国，虽然在远古文明中只不过是一个不起眼的小国家，居民也是最普通的人，几乎从来没有得到过涅槃女神的眷顾，但他们却始终如一地保持着自己的信仰，他们相信涅槃女神会拯救他们的灵魂，而涅槃圣女也会领受女神的奥意，再一次把文明的火种洒遍古陆，终有一天会找到办法消灭周期性降临的黑星。

也许涅槃族已濒于灭亡，亦或他们并不重视这里，自从上一位涅槃圣女去世后，寺院一直空置了七十年，直到他们迎来了赛里木婆婆，又一个一百多年过去了，婆婆已经老了，随时都可能坐化，王国子民人心忐忑，可以想象，当他们得知另一位涅槃圣女到来的消息时，举国上下是多么振奋。

大殿内灯火通明，几十张圆桌整齐地排列着，上面罗列着各种美食，桌旁座无虚席，人们穿着颜色各异的华丽衣衫，脸上无不洋溢着笑容。

面对这么多热情的陌生人，尼雅紧张得有些不知所措。米兰姑姑被赛里木婆婆拉去与国王同席，小武叔叔虽然与自己坐在一起，但他只顾自己大吃大喝，大家听说他是传说中的血魂武士之后，纷纷过来敬酒，小武也不客气，一概酒到杯干，只剩下尼雅被冷落在一边。

尼雅觉得一阵落寞，看着一群人乱哄哄的，她的心滑向忧郁的深渊。她又想起了妈妈，她就那么忽然消失了，连一句话都没有留下，剩下自己一个人孤零零地行走在人世间。尼雅的眼圈有些红了，看着一桌的食物一点胃口也没有。

是谁的目光在人群中一闪，尼雅注意到旁边的桌子上有一个男孩在看着自己。尼雅没介意，仍旧一个人发呆。可是过了一会儿，男孩竟然还在痴痴地朝这边看。尼雅有些恼火，侧过头狠狠瞪了他一眼，男孩竟然点点头，微微一笑。

尼雅索性不再理他，拿起一只羊腿大嚼起来。

“里面的肉没有进味，烤羊腿外面的一层才好吃，用小刀割下来，沾着作料吃才香呢。”一个有些稚嫩的男音在尼雅身边响起。那个男孩竟然还不识趣地走了过来。

说罢，男孩拿起小刀要帮尼雅。

“不要你管。”尼雅一把夺了过来，小刀险些割伤了男孩的手。

男孩一时愣在那里，不知道自己哪里做错了，尼雅心里有些过意不去，她想抬头向对方道歉，却又临时变了卦，又狠狠瞪了男孩一眼。就在她的目光近距离接触到男孩的脸庞时，尼雅的心忽然一动。男孩的年龄与自己相仿，但是生活的安逸与悠闲让他显得年轻得多，不像历经风霜的部族男孩们那么成熟。不过有一点尼雅可以肯定，她从来没有见过这个人，但是为什么却又有一种熟悉的感觉？就好像有什么正从灵魂的最深处觉醒，就好像离别了千年的亲人正从远古的苍桑历史中走来。

她垂下头不再言语，心中像一团乱麻，她似乎在脑海中搜寻到了什么，但细想起来却又是一片空白。

男孩执着地再次拿起小刀，仔细地把羊腿上的肉一片一片切下来，整齐地摆在盘中，然后又静静地退了回去。

曲终人散，灯火尽灭，艾斯特拉达进入睡梦之中。

神塔的顶层，一点昏黄的灯火浮现于大地之上，与群星为伴。

赛里木婆婆坐在古灯前的蒲团上，她的表情是严肃的，还带着一丝淡淡的忧愁，没有了往日的安详和欢愉。米兰与老人相对而坐，仍是一如既往的冷漠。

“这么说，你不是来接替我的？”婆婆问道。

米兰缓缓摇了摇头，说：“黑星即将再度降临，我在这里逗留一段时间，还要去探寻散落在古陆各地的上古文明遗迹，看看能不能找到解救古陆的办法。”

“黑星真的来了？”婆婆失声叫道，“根据古籍的记载，黑星最短的降临时间是五千年，可这一次才过了两千年呀，难道……难道古陆已经接近它真正的末日了吗？”

“您应该能感觉到它的临近。”米兰道。

“我还以为那是幻觉，”婆婆神色黯然，“我们的世界注定多灾多难，文明一次次地在这片土地上发芽、壮大，又一次次地毁于一旦，可是这一次，人类还没有从上一次的灾难中觉醒过来，文明还没有重新照耀古陆，难道就这么……”

“黑星是不能够预测的，我们只有自己去寻找希望。”

“我们还有希望吗？此前有多少个灿烂的文明都没能抵御黑星的毁灭，更何况我们此刻还处在黑暗的蛮荒年代啊。”婆婆不是在质疑，她是在询问，希望从米兰的眼中看到一丝希望。

米兰不语，许久才道：“那是我们的责任。”

老人期待的目光又暗淡下去了。

“毕竟上一次文明差一点就成功了，虽然功亏一篑，但我们并非全无希望。”

“我能帮助你做些什么吗？”老人的声音平静下来，根据古籍记载，在上一轮文明时期，人类曾经建造了威力无比的武器，相信可以消灭黑星，即使不能也可以使黑星从此远离古陆世界，但是在关键时刻，古陆的各个智慧种族之间爆发了战争，那武器也因为战争尚未建成就毁灭了，虽然传说建造超级武器的神器散落在古陆各地，一旦重新将它们聚集在一起，就能够重建，可是她知道那希望飘渺得很，何况那武器究竟具有多大的威力还是个未知数。

“尼雅这个孩子就托付给您了，”米兰说道，“这孩子经历了太多的苦难，我担心她一旦堕入黑暗领域，会首先毁了古陆。”

“我从她身上感到了可怕的力量，也感到她心中深深的仇恨和迷惘。”

“她还不懂事，那力量也尚未觉醒，还望您善加引导。”

“是什么让这个孩子拥有了那么强大的力量？”婆婆忍不住问。

“她是凤凰雕像的天生拥有者。”

“那是传说中绿湖王国失落的神器啊！”婆婆不禁叫出了声，“而且凤凰雕像从来就没有发现过有拥有者，因为拥有者的体内必须有远古文明的血脉。”

“尼雅就是，”米兰肯定地点点头，继续说了下去，“她的生命本源与远古文明的人类极为接近，所以只有她才能与凤凰雕像产生共鸣，这一点我已经证明过了。”

“可是我明明从这个孩子的身上看到了绿湖的毁灭？”老人叹道。

“未来不可知，我们看到的不过是诸多征兆中的片段，尼雅与绿湖两个部族本是一家，只不过大漠的阻隔使他们遗忘了过去，正因为凤凰雕像的出现，我才把尼雅带到这里来了，至于将来会怎样，我们只能做出选择，却无法决定结果，是毁灭还是重生，该发生的终将发生。”

“我明白了，我会尽力照顾好她的。”老人说完发出一声长长的叹息。

夜风从门口吹来，古灯的灯火一暗，险些熄灭，继而又爆发出更明亮的光芒。

一晃三个月过去了。秋天已接近尾声，冬天就要来了。

尼雅逐渐忘记了过去，一天天融入到新的生活中来。

每天早晨，她都会在低沉而宁远的晨钟声中醒来，洗漱后，侍女就会端来早点，不过尼雅更喜欢和寺院的女神侍女们一起吃。然后，赛里木婆婆会带着侍女们到经堂里研修上古留下的古籍，尼雅也会随着一起去，不过不久她就发现，自己在雪山峡谷中学习的经卷远比这里的丰富、深奥。婆婆似乎也看出来了，她总是让尼雅到处去走走，喜欢什么，就去做什么，从来不加干涉。

不过尼雅大部分时间都无所事事，大家都各忙各的，米兰姑姑也整天整夜地在神塔上研究着什么，难得见上一面，好在雪山中常年的修行已使尼雅习惯于寂寞的生活，她总是在经堂里一坐就是一天。

在这段时间里，她领悟了许多从前苦修时不明白的问题，不过金属书籍上的内容她仍旧不理解，向米兰姑姑和赛里木婆婆询问，她们也微笑着摇头。

日子一天天过去了，尼雅和侍女们都混熟了，她还有了一个好朋友，就是那天筵席上的男孩。男孩叫霍风，是霍严国王的幼子。霍风的哥哥们都长大了，不愿跟他玩，于是他整天往尼雅这边跑。两个孩子从小都受到家人的溺爱，都显得不那么懂事，只是尼雅很小就有过长期的苦修，又经过了那么多变故，比霍风要成熟多了，因此虽然霍风还要大上一岁，尼雅还是充当了姐姐的角色，不过尼雅可从来都不知道让着霍风，两个人经常玩着玩着就打了起来，然后没过两天就又亲密的什么似的。

这天早晨，刚下过一场秋雨，院子里的树木都落光了树叶，天气有些寒冷。米兰走了进来。

“米兰姑姑，你要走了吗？”尼雅望着门外的小武和驮着行囊的麒麒问道。

“这一天总会来的，姑姑还有更远的路要走呢。”米兰说道。

“我跟你们一起去吧，”尼雅的眼圈有些红，“你是我唯一的亲人了。”

“相信我，这里才是你的家，赛里木婆婆会照顾好你的。”

尼雅点了点头，她忽然想说什么，却又止住了。

“听我说尼雅，在很久以前尼雅部族和绿湖部族本是同一个民族，你们有着相同的血脉，雪山深处的神庙也是你们共同的圣地，当然，在更久远的从前，人类全都是一个整体，总有一天你会真正把这里当作自己的家的，”米兰又说道，“不要再去想旗云格婆婆说的那些话了，对尼雅女神的过分迷信已经让她迷失了心智，这个世界上根本就没有神，所谓的神在远古时代也是人类，只不过她对人类做出了莫大的贡献，使人类文明出现了爆炸性的发展，后世都尊称她为涅槃女神，文明退潮之后，人类四分五裂，每个民族都有了自己的神，比如说你们的尼雅女神，但她们都是从涅槃女神演化而来的，不要说姑姑亵渎了尼雅女神，姑姑只想告诉你，世上没有万能的神，你也不用相信所谓神喻之类的预言，所有的历史都是我们亲手去创造的。”

“可是——可是我心中真的能感觉到神的存在。”尼雅反驳道。

“那是因为你的身体内蕴含着大量远古人类的生命本源，在现在的你之前，曾经有许多个你在时间与历史中轮回，本来它们潜伏在你的体内，永远都不会被知道，但凤凰雕像与那部分本源产生了共鸣，你才能体会到许多本来不属于你的感受。”米兰耐心地解释道。

“我不明白。”尼雅一脸迷惘地说。

“有一天你会明白的，到时候，赛里木婆婆会告诉你一个关于轮回的故事，不过……”米兰犹豫着说道，“我希望那一天永远也不会来。”

尼雅还是没听明白，她在想着别的事，她满怀希望地望着米兰，好像她能够看到自己一样:“米兰姑姑，你说是不是有一天尼雅部族也能够来这里生活?”

米兰的心一颤，她没想到尼雅会这么说。“也许会吧。”她安慰尼雅道。

“如果真的那样就太好啦。”这么多天来，尼雅第一次会心地笑了起来。

二、靠近的心

残阳如血，荒芜的大地千里干裂，白石林孤零零耸立在荒原之上，像一堆毫无生气的白骨。

干燥的空气中蕴含着浓郁的血腥味，远方隐隐传来人们垂死的哭号。

尼雅被母亲拉着在滚烫的砾石间奔跑。

周围到处是尸体，黏稠的血液在地面凝固，河水已经干涸，树木全都枯死，尼雅荒原是一幅地狱般的景象。

她们一次次摔倒，又一次次爬起来拼命奔跑，想逃离这死亡的世界。尼雅实在跑不动了，跪在地上爬不起来。母亲的呼吸是那么急促，根本说不出话来，她只有蹲下身紧紧地抱着尼雅，眼中满是绝望。

父亲不知什么时候出现在了她们面前。他宽大的肩膀遮住了落日，浑身斑驳的血迹在霞光中散发着褶褶红光。

母亲喜出望外，无力地伸出手，希望他搀扶她起来。可尼雅却感到恐惧，父亲那布满血丝的眼睛分明已失去了理智，像一头穷途末路陷入疯狂的野兽。

尼雅叫母亲赶快跑，母亲似乎没有听到，反而扑到父亲怀里。尼雅惊恐地看着父亲提起了血红的战刀，一下子刺入了母亲的腹部。尼雅不顾一切地扑上去，拼命捶打着父亲。母亲松开了抓住父亲肩膀的手，缓缓倒了下去。尼雅伏在母亲的身体上痛哭。父亲的身影投射在地面上，像是一个可怕的鬼魂，那细长的战刀又再次举起……

尼雅从噩梦中惊醒了。她猛地坐起来。

一片寂静，几声清脆的鸟鸣从远处传来。尼雅置身于一个古铜色的床榻之上，绣着喜闻花的丝绸被子温馨而柔软；隔着朦胧的帷帐，几炷香正飘着袅袅的轻烟。她意识到是自己在做梦，惶恐的眼神才渐渐平静下来。

她披上衣服，推开房门走了出去。门外是一条走廊，走廊外面是广阔的天空。

米兰走后，赛里木婆婆就把尼雅的住房安排到了神塔的第八层，婆婆住在第七层，像是在守护着尼雅似的，而第九层就是供奉涅槃女神像的神殿了。

尼雅手扶栏杆向外张望。天是那么的蓝、那么的清澈，朵朵白云就在身边飘浮着，她感觉自己仿佛融化了在天空。大地似乎在自己脚下很远的地方，所有的景物都缩小了，这让她可以看得更远。

前方就是绿湖王国的王宫，王宫没有围墙，只是被护城河环绕着，河水在阳光下亮晶晶的像一条钻石项链，王宫内种植着大量千年古树，金砖碧瓦的屋宇掩映在一片浓郁的翠绿之中。王宫处于艾斯特拉达城的中心，其他建筑都围绕着它，层层叠叠地拓展开去，八条王家大道自王宫呈树枝状扩散向远方，又被许许多多条窄一些的道路分割开来，满城的建筑被分割成了块状，复杂中显示着整齐与秩序。城市的四个角还矗立着四座高大的神塔，像是守护神一样护卫着这座宁静的城市，此外，还有许多尊精美而宏伟的雕像散落在城内，使艾斯特拉达城像是一座神话与现实共存的城市，处处闪烁着文明的光辉。

城市的边缘围绕着白色的城墙，它在绿色的原野与灰色城市的交界处，是那么的显眼，像是女神展开的手臂将艾斯特拉达城拢在了怀中。这片土地从来没有发生过战争，王国的其他城市也没有修建城墙，城墙的存在恐怕纯粹是出于某种传统或是装饰吧。

一望无际的原野从白墙一直伸向天边。它是那么得辽阔，比较起来，艾斯特拉达不过是一颗镶嵌其上的精美的纽扣。森林、村镇和农田点缀其间，使原野在生机勃勃的绿色中显得不再单调，而波光荡漾的绿湖就像是坠落凡间的蓝色星辰，是它在死亡的沙海中养育了这块恍如仙境的乐土。

俯瞰着这片秀美恬静的土地，有那么一会儿，尼雅竟分不出哪一个才是梦境。三年过去了，在这里已经生活了三年，她终于体味到了生命的快乐，没有泪水，也没有鲜血，更没有令人悲痛欲绝的生离死别，有的只是平静，融洽和欢笑。她总觉得自己已经忘记了从前，可是为什么总是会有那么一些夜晚，那片沉寂的荒原和它所承载的那些伤心往事再次真切地浮现在她的心中，成为她挥之不去的梦魇。

尼雅轻轻发出一声叹息，她强迫自己忘记梦中的情景，回到美好的现实中来。

“我说尼雅姐姐怎么非要住到这高塔上呢，原来这里的景色这么好看，比我那里可要强多了。”霍风出现在尼雅身边，俯身向下张望。神塔是寺院的禁地，此刻时辰尚早，他一定是偷偷溜上来的。

“贫嘴，谁是你的姐姐，你可比我大一岁呢。”尼雅故作愠怒说道。

“你看，你看，那尊雕像很漂亮，我们去看看。”霍风指点着下面叫道。

“你自己去吧，我没心情。”

霍风侧头端详着尼雅，忽然笑道：“原来尼雅姐姐在想心事呢，想什么说来听听。”

“哪有什么心事，我——我还困呢。”尼雅掩饰道。

“这么好的天气还贪睡，随我去，随我去。”男孩不由分说拉起了尼雅的手。尼雅心中的忧愁也被这不谙世事的少年这么一闹给冲淡了。

这里虽然处在城市的中心地带，却远离尘世的喧嚣。

它就在王宫的对面，横穿过一条繁华热闹的大街，从两家酒楼中间的巷子走进去。后面是一排排毗邻的民居，有的是几进几出的大户人家，有着高高的院墙，红漆大门和呲牙咧嘴的门兽；普通住户大部分围着篱笆墙，嫩绿的藤蔓爬满了墙头，从篱笆的缝隙隐约可见整齐的菜畦和繁花盛开的苗圃。人们大都刚刚起床，各家都飘起了炊烟。民居过后，小巷变成了窄窄的土路，路边簇拥着浓密的野草，前面出现了一条小河，河上跨着一座小木桥。

两个人听着“哗啦啦”的流水声，并肩走过小桥，前面出现了一片面积很大的树林。树林的历史一定很久远，林中都是参天的古树，不过一定很少有人光顾这里，林间布满杂草，一些枯死的树木横七竖八地横卧在地上。

“雕像就应该在树林中了，”霍风指点着树林深处隐隐露出的一角灰色的屋檐。

树林的中心是一片杂草丛生的空地，空地上孤零零地耸立着一个亭子。亭子是用大理石建造的，这在石材短缺的绿湖是很罕见的，它远比一般的亭子大，简直像是一座巍峨的神殿。六根两人合抱的石柱高高地撑起伞盖状的屋顶，六条伸展的飞檐像是线条优美的天鹅，展翅欲飞。这个亭子没有其他修饰，显得那么朴素和简单，可是在简单中又蕴含着说不出的庄重与威严，

在亭子中站立着一尊泥制的塑像，那是一个身着金色盔甲的骑士，跨在一匹红色的战马上，一手提着银色的长矛，一手指向远方。骑士的面孔被头盔遮挡着，看不清他的容貌，但是这尊塑像与散布在城里的其他雕像明显不同。

“这尊塑像纪念的是谁呢？”霍风边问边走进亭中。

尼雅在脑海中搜寻着古代传说中的人物，但没有一个与眼前的塑像吻合。她注意到战马的头上像麒麟一样有着一支尖利的角，她的心悠然一动，脱口而出:“这或许是一位古代的武藏族血魂战士吧？”

“血魂战士？”霍风抚摸着塑像，因为常年的风吹日晒，加之无人修缮，塑像身上的油漆剥落得很厉害，许多地方露出了黄色的泥胎。“这么说是一位英雄喽。”霍风望着塑像的头部，似乎在猜测头盔后面骑士的面容，“不过它怎么会立在这里呢？我们这里从来没有发生

过战争。”

“不知道，不过血魂武士是涅槃圣女的侍卫，也许有一位血魂武士葬在这里吧。”尼雅也走进亭子，她留心到亭子里的地面很干净，像是有人打扫过。

霍风好奇地围着塑像转了几圈，说道:“听大家说，你将来就是接替赛里木婆婆的涅槃圣女，我以后做你的血魂武士好不好？”

“我怎么能做圣女呢？”尼雅笑着摇摇头，说，“你连剑都不会使，也做不了血魂武士。”

“血魂武士有什么了不起，我以后要做一个纵横天下的大英雄呢，”霍风有些不服气地大声嚷嚷道。

“为什么非要做什么英雄呢？我们就这么平静地生活下去不是很好吗？”尼雅叹息着说道。

“不，我才不要像现在这样呢，”霍风忽然生气地说道，“大哥和二哥总说我是个长不大的孩子，从来不跟我玩，父王和母后虽然很疼我，但我知道他们心里也没指望我干大事，难道我一辈子就像个公子哥一样无所事事吗？我才不呢，我要做个英雄，万人景仰的大英雄！”

“英雄并不像你想得那样，”一个须发斑白、佝偻着背的老人出现在他们身后，他虔诚地望着塑像，声音沙哑而苍凉，“就像他，在绿湖即将毁灭，人们陷入绝望的时候，他奇迹般地出现了，用他那强大无比的力量挽救了绿洲，人们把他当作神、当作救世主，可是一旦和平来临，人们又很快将他遗忘得一干二净，只剩下这尊无人凭吊的塑像。”

“这真是一尊英雄的塑像？”霍风惊讶地问道，“他是谁？”

“没人知道他是谁，甚至从来没有人看到过他的脸。”老人回答，他手里拿着一把拂尘用的掸子，轻轻地扫去塑像身上的尘土。

“您能够讲一下他的故事吗？”尼雅问。

老人坐到亭边的栏杆上，出神地凝望着塑像，良久才说：“就对你们讲一讲吧，不然等我死了之后，恐怕就再也没有人知道他的故事了，”老人发出一声叹息，说：“那是很久以前的事情了，久远得已经足够磨灭人们的记忆了，当时绿湖王国才刚刚建立，百姓安居乐业，国家繁荣昌盛；可是有一天，绿湖的湖底突然涌出了数不清的恶魔，他们冲进绿洲，毁坏了农田，焚烧了村庄，杀死了所遇到的每一个人；当时王国还保持着强大的军队，但是他们根本不是那些恶魔的对手，只得一路且战且退，最后退守到了艾斯特拉达城，依靠坚固的城墙才暂时阻止了敌人的进攻；但是那些恶魔并不甘心，他们的数量像野草一样数也数不清，还在从湖底不断地涌出来，他们将埃斯塔拉达城团团围住，开始不分昼夜地攻城；你们知道艾斯特拉达的城墙为什么是白色的吗？”老人望着两个少年，“那是因为——鲜血已经将城墙染成了红色，战后人们只得用湖中特有的白泥把城墙表面遮盖住……人类在这场战争中损失惨重，城内血流成河，到处堆积着尸体，人们陷入深深的绝望之中，不知道还能不能看到明天的日出；终于，恶魔从几个方向同时攻破了城墙，像潮水一般涌进城来，也就在这个时候，当黎明的第一缕曙光照耀在神塔顶端的时候，他出现在晨曦游动的天边，然后一转眼就到了城下……”

“只有他一个人吗？”霍风问。

“只有他一个人，”老人回答，“但是在他的身后燃烧着一片几里长的熊熊火焰，恶魔的军队纷纷陷身于火海之中被烧成了灰烬，几个大恶魔头领也被他一一用长矛挑落于马下；就这样，在太阳还没有完全从地平线上升起的时候，恶魔的军队就土崩瓦解了，被消灭殆尽，有一些逃跑的恐怕也葬身于吐蕃大漠的沙海中了；人们纷纷冲到城墙上向拯救王国的无名英雄欢呼致敬……”

“他没有进城吗？”

“没有，他坐在马上，凝望了艾斯特拉达一会儿，就扭头向远方走去，最终消失在地平线上，他没有说过一句话，头盔也始终没有摘下来，所以没有人知道他是谁，人们后来只能称呼他为无名英雄；后来人们在城内修建了许多尊塑像来纪念他。”

“这只能是一个神话或是传说，绿湖王国从来没有发生过战争，即使发生过，一个人的力量也根本无法战胜一支庞大的军队，”

霍风摇着头，不屑地接着说，“老伯伯，我们已经不是爱听故事的孩子了。”

“是啊，难怪你不信，整个王国里又有谁还能够相信呢？人们把过去忘记得太快了；那些塑像大部分被拆除了，只剩下这一尊，我想过不了多久，它也会坍塌掉吧；人们已经习惯了和平的生活，现在王国连军队都早已解散了，一旦灾难来临，他们还能依靠什么呢？依靠那道华丽的白墙吗？”老人自嘲地笑了笑，又虔诚地望着无名英雄塑像，“只希望那个时候，您没有将我们遗忘。”

霍风本来对这个故事嗤之以鼻，但老人凝重的表情和严肃的话语又让他将信将疑起来，他也仰起头凝望塑像，恍惚间他看到那塑像似乎活动了起来：英雄的一身金甲闪烁着夺目的光芒，胯下的红色战马像是燃烧的火焰，他手指的方向，邪恶的力量烟消云散……

尼雅也望着塑像，她知道这里是古陆世界最后的一片乐土，希望吐蕃沙漠就是传说中无名英雄掀起的火焰，把所有的灾难与不幸都阻挡在外面。

春季。

毕竟是处在大漠的环绕中，干燥炎热的空气中已经有了夏天的味道。

艾斯特拉达城外四十里的百花山。

这里其实不过是一个高不过百米的小山丘，在看惯了巍峨雪山的尼雅眼中简直就像个小土包。不过这里比冰封的雪山要美丽得多，满山遍野都长满了奇花异树，那些树木有的阔如伞盖，毗邻成林，有的高耸入云，迎风傲立；林间的花草姹紫嫣红，五彩斑斓，像是一张鲜花织就的地毯。种类众多的鸟类栖息在山上，不时还可以看到有雉鸡拖着美丽的尾羽从一片林中飞出，又没入另一片树林，偶尔还会有一群不知名的鸟儿"呼拉拉"飞上半空，转眼又消失在天际。

霍风和尼雅悄悄躲在树丛中，向对面一棵大树的树冠上张望。一只披着七彩羽毛，头顶红色羽冠的灵雀正在枝杈间休憩。

霍风张弓搭箭，瞄了又瞄，"嗖"的一箭射去。羽箭从鸟儿身边掠过，灵雀吃了一惊，振翅飞上了云端。

霍风垂头丧气地直跺脚。

"我们来了一个上午，还什么都没有收获呢，"尼雅轻声笑道，"你射箭的本领看来没一点长进。"

"谁说我本事不行，是距离太远了，"霍风厚着脸皮说道，"我不行，难道你就行啦？"

"当然比你强得多。"尼雅信心十足地笑着。

"你把那只鸟射下来给我看看。"霍风指着远处刚刚落下的一只雉鸡。

尼雅一箭射过去，雉鸡也受惊飞走了。

霍风得意地笑起来，大喊:“吹牛，吹牛。”

尼雅走上前拾起羽箭，端详着串在上面的一枚青果，说:“鸟儿也是一条生命，我可下不去手。”

霍风脸上有些挂不住了，背起弓箭向前走去，说:“什么下不去手，看我射一只给你看。”

转过一道山梁，前面的树木稀疏了，出现了一片坑洼的草地。

霍风突然停住了脚步。草地边缘，一只硕大的象鸟正在缓缓逡巡着。象鸟是一种大型鸟类，一般生活在旷野中，依靠啄食各类昆虫为生，由于体重过高，并不能飞翔，但奔跑速度惊人。

霍风靠在一棵树旁，搭箭射了出去，没射中，他又上前几步，再射，还是没射中。

羽箭擦身而过，象鸟已经察觉了，但是它并没有逃走，还站在草地间，偏着头向这边张望，像是在嘲笑霍风似的。

尼雅伏在霍风肩头，已经笑弯了腰。

霍风脸涨得通红，随手扔了弓，拔出匕首向象鸟冲了过去。

象鸟见霍风扑来，不但没有逃跑，反而迎着他跑过来了。

尼雅怕有危险，也跟了上去。

那象鸟与霍风身高差不多，伸长了脖子，挺着尖锐的长喙，标枪一样向前冲，两个翅膀竭力张开，像是将军背后的旗枪，看样子要与霍风来一场你死我活的火并。双方撞击在一起，都被对方撞翻在地，但马上又都爬起来滚在一处。经过短暂的僵持，霍风终于占了上风。他骑在象鸟身上，一手按着它的头，一手持着匕首向对方脖子割去。

“住手，放开它，放开它。”尼雅忽然在不远处尖叫起来。

霍风一愣，手下不觉松了劲，象鸟突然从他身下窜了出去，但是它仍然没有逃跑，而是向尼雅冲了过去。霍风连忙从后面追上了它，一把扭住了它的脖子，拖着它来到尼雅身边。

在尼雅前面的草丛中，几只刚刚破壳而出的小象鸟正发出一声声稚嫩的鸣叫。

“它是在保护自己的孩子呢？”尼雅充满怜爱地说道。

“我说呢，这种鸟平时很温顺，现在却像发了疯似的。”霍风恍然大悟。

“放了它吧，让她们母子团聚吧。”尼雅轻声说道。

看着象鸟用翅膀遮挡着小象鸟，一会儿充满母爱地端详着它们，一会儿又充满敌意地瞄着两个人类。尼雅忽然想起了妈妈和爸爸，想起了自己快乐的童年和那片困苦却让人依恋的故土。她不觉发出了一声长长的叹息。

不知不觉，时近黄昏，夕阳西斜。

春季的天就像娃娃的脸，说变就变，一团黑云从东方的黑海洋升起，不一会儿就爬满了半个天空。

尼雅和霍风骑着马在原野间奔跑。

“看来马上就要下雨了，”尼雅回身望着追上来的乌云说道，“我们恐怕赶不回去了。”

“在雨中旅行不是更好玩嘛。”霍风兴奋地说道。

“都怪你，只顾玩，都忘了时间。”尼雅埋怨道。

“该怪你才对，谁让你又采花又摘果子呢。”霍风反驳。

“谁让你那么笨，连一只鸟都捉不到呢。”尼雅嘲笑道。

“不是你要我放了那象鸟嘛，早知道这样就该一刀割下它的头。”

“你下的去手吗？平常你连只鸡都不敢杀。”尼雅的笑声像银铃般在原野间回荡。

两个人斗嘴的时候，乌云已经赶上了他们，几滴硕大的雨点打在他们身上，接着雨点密集起来，转眼间，大地淹没在一片迷蒙的雨雾之中。

马儿奔跑的速度明显慢了。雨点大得尼雅几乎睁不开眼睛，视野中模糊不清，几米之外白花花的一片。

“离城里还有一半的路呢，我们肯定回不去了。”尼雅大声说道。

霍风也早没了雨中漫步的那份心情，指着路旁一座茅屋说道：“我们就到那里去躲躲吧，等雨停了再走。”

茅屋内无人居住，大概就是为了让路人歇脚才修建的。

两个人将马拴在屋檐下，走进屋去。

屋内有几个木凳，一张草榻，墙角还堆着几捆干柴，虽然简陋，但还算干净。

两个人浑身都湿透了，站在屋里不禁有些发抖，雨水顺着衣角滴滴答答地落下来。

霍风抱过柴禾，在屋子中央的灶坑里生起了篝火。

“看来我们只好在这里过夜了，先把衣服烤干吧。”霍风说着把上衣脱下来用树枝挑着在火上烤。

尼雅解了一个扣子，又犹豫着停下了，她突然看到霍风正盯着自己的胸部发呆。她低下了头，被雨水打湿的衣服紧贴在身上，已经发育得丰满的胸部曲线毕露。

“看什么，你个小坏蛋。”尼雅有些恼怒，说着伸手在霍风的额头上点了一下。

在昏红的火光映衬下，尼雅的脸庞娇艳而美丽。

霍风傻傻地说道:“尼雅，你真美。”

“不理你了。”尼雅侧过身去，心却“砰砰”直跳。

“好，好，我不看你了，你晾衣服吧。”霍风也转回身去。

两个人一时陷入了沉默，篝火在静静地燃烧，金色的火苗不断跃动着，就像少年起伏的心绪，屋外密集的雨点落在屋顶上、落在原野间，也落在少年激动得有些不安的心上……

这一年，霍风十七岁，尼雅十六岁，他们忽然意识到他们已经长大了，从无拘无束的少年长成了初涉世事的青年，他们既为此欣喜不已，又有些忐忑不安。

不知不觉中，霍风看到一只小手把一枚青果放在眼前。

“今天是吃不到你的烤鸟肉了，幸好我还采了果子。”

霍风接过果子，在两手相触的一瞬，一股触电般的感觉从手指传到心间，从前怎么就没这种感觉呢？他意识到两个人没有拘束的日子结束了。他在果子上咬了一口，满嘴都是涩涩的香甜味儿。

清晨，雨过天晴。

湿漉漉的原野在阳光下散发着清凉的绿色微光，升腾的水雾在草木间像纱巾一般飘浮着。

艾斯特拉达城在地平线上显露出它那庞大的身躯，蜿蜒的白墙显得格外醒目。

“回去后赛里木婆婆非说我不可。”尼雅埋怨道。

霍风正要安慰她，突然几声低沉的暮钟突然从城里传来。

绿湖王国报时的习惯都是晨鼓暮钟，可是他们听得很清楚，城内响起的是钟声而不是鼓声，那说明城里一定出了什么重大的事情。

两个人都愣了一下，然后快马加鞭向前跑去。

他们穿过从来不关闭的城门，沿着石板大道奔跑。因为是清晨，大部分店铺才刚刚开业，街道上的人还不是很多，钟声仍在一声声回响，人们大都面面相觑，不知道发生了什么事情。

片刻工夫，他们来到王宫前。几个侍者似乎早就在等他们了，不由分说匆匆拉着他们向勤政殿走去。尼雅已经意识到发生了什么，她侧头去看霍风，霍风也是一脸的惊惶。

勤政殿门口已经跪了一地大臣，侍者忙碌着为霍风穿上一身孝服，带着他走进殿去，尼雅却被拦在殿外。尼雅意识到被自己猜中了，霍风的母亲一直身体不好，赛里木婆婆曾说过王后的病很重，恐怕坚持不了多久，没想到这一天这么快就来了。

走进大殿前的一刻，霍风回头望了望尼雅，他的神情是那么无助，泪水已经盈满了眼眶。尼雅真想冲上前去，可是她知道自己无法安慰他，也无法帮助他。

殿内传来一片悲痛的哭声，尼雅向里面张望，目光却无法穿透重重的人影。

一整天，尼雅再也没见到霍风，王宫内的人们都在张罗着王后的丧事，到处是忙碌的人和一张张严肃悲伤的脸。

傍晚时分，尼雅才离开王宫，回到寺院。

寺院里，赛里木婆婆也带着侍女们为王后念颂往生咒。

尼雅也没心情吃饭，径直回到了神塔上的卧室。

夜很深了，满城的灯火渐次熄灭，城市顿时陷入黑暗之中。尼雅躺在床上却久久无法入睡，她仍在想霍风，不知他睡了没有，吃饭了没有，还那么伤心吗，可不要生出病来。

忽然，尼雅发现一个黑影不声不响地站在门外。尼雅一惊，叫道："谁？"没有人回答。她连忙穿上衣服，打开了门。是霍风，他孤零零地站在门外，脸上满是泪痕。

见到尼雅，霍风一下子伏在尼雅的肩头哭出了声："我——我睡不着——一个人，我害怕。"

夜更深了。

霍风累了一天，躺在尼雅的床上沉沉睡去了。

桌案上的蜡烛即将燃尽，堆积的烛泪溢出了灯盏，落了在桌子上。

尼雅托着腮，久久望着睡梦中的霍风。

从此以后，他也和自己一样没有母亲了，很多东西都是在失去之后才知道它的宝贵。我们所能做的，就是好好珍惜已经拥有的，小心翼翼地不要让它失去。

半个月之后，尼雅执意搬到王宫去。赛里木婆婆怎么阻拦都没有用。

在王宫一个角落的一个小院里，尼雅带着两个侍女陪伴着霍风。

霍烈国王慌忙来找赛里木婆婆商量，一个未来的涅槃圣女公然留宿在宫中，民众们会怎么议论？这件事可非同小可。婆婆无奈地摇摇头。

后来国王暗中派人观察，发现他们虽然同在一个院落内，但尼雅一直和侍女们住在一起，与霍风分住两个房间。

三、命运之结

云开雾散终有时，年轻的心总是在追逐光明。

夏季的到来，使围绕绿洲的防护林带也无法阻挡大漠中的滚滚热浪了。时至中午，侍女们虽然不断打来井水泼洒在地面上，可房间里仍然热得像蒸笼一样。霍风便出主意到湖中去游泳。

都城的北城墙紧贴着绿湖，但是那里早就人满为患了，这么热的天气，泡在清凉的湖水中就是最大的享受了。

他们出了西城门，沿着湖岸走了七八里路，来到了一处清净的地方。岸边有一座凉亭和一个小小的码头，一条乌篷船系在码头边，茂盛的树林一直延伸到湖岸，放眼望去除了波光万顷的湖面就是绵延的树林，周围一个人也没有。

尼雅不会游泳，就坐在凉亭里一边享受着湖上吹来的凉风，一边看着霍风在水中畅游。

等霍风游累了，他们就在凉亭中野餐。

尼雅忽然指着湖问道:“那是什么?”她手指的方向，在绿湖的中心地带似乎矗立着几个模糊的青影，几乎不可见。

“不知道,”霍风张望了一阵，摇了摇头，然后说，“不过我们可以到那里去看看。”他朝那条乌篷船努努嘴。

在他们驾船向湖心驶去的时候，有一个人已经穿越浩瀚的吐蕃大漠，抵达了绿洲，并且正沿着原野中的大道，向艾斯特拉达城走去。

绿湖的广阔远远超出了他们的想象，不知不觉，原野与树林都已消失在地平线以下了，举目望去，周围一片漫无边际的湖水，仿佛身处大海之中。霍风几次要放弃，可尼雅却不同意。不知道为什么，尼雅对湖心的物体有着强烈的兴趣，那种感觉就像小时候，她和弥撒婆婆一起穿过雪山峡谷，面对冰封的尼雅女神庙时一样，充满了激动和莫名的期望。

模糊的青影逐渐清晰起来，那是三根石柱排列成的等边三角形，从幽深的湖底伸出水面，直刺苍穹。只有来到石柱附近才能感受到它们的巨大，矩形的柱体每一面都像是一堵宽阔的黑色墙壁，一直伸向天空，几乎看不到尽头，柱体上刻满了各种玄奥的花纹，尼雅认得出那是神话时代的人类文字，如今早已失传。

“我们不能再向前去了。”霍风望着逐渐加深的湖水说道。在石柱排列的三角形核心，一个巨大的旋涡正在缓慢旋转着。

尼雅仰望着石柱，这一定是神话时代人类文明的遗迹了，她不知道它们为什么立在这里，恐怕将来也不会有人知道，它们或许是凭吊逝去文明的一座方尖碑，亦或是在向后人暗示着什么。

回城的路上，尼雅的心情有些莫名的失落，是受到那些遗迹的影响吗？她不知道，她只是觉得一团乌云郁积在心头，挥之不去。

回到王宫，宫内的侍者们都在议论一个消息，一个外面的人来到了绿洲，一千年来，除了涅槃圣女还从来没有人能穿越那片死亡之海呢，现在霍烈国王正在勤政殿款待来宾呢。

霍风也觉得很新奇，拉着尼雅去看。

走到勤政殿门口，尼雅却说什么也不肯进去，她已经听到那熟悉的笑声从殿内传出来。

接下来的一整天，尼雅都是失魂落魄的。她害怕的事情终于发生了，她知道那是一个噩梦的开始，从她来到绿洲的那一刻，她就隐隐感觉到会有这么一天，只是几年来的平静和安定生活让她产生了错觉，她甚至以为这样的幸福生活会一直继续下去，没想到命运在她人生的轨迹上画了一道圈，她终于又回到了起点。

傍晚。古灯。佛影。

尼雅坐在赛里木婆婆的房间内。她已经来了好一阵，看得出她是满腹心事，却一个字也说不出来。

“你父亲来了？”婆婆缓缓问道。

尼雅点点头。

“你们见面了？”

尼雅摇了摇头。

“虽然你还在怨恨他，可是他毕竟是你唯一的亲人了。”婆婆叹息道。

“我看到了，”尼雅恐惧地睁大了眼睛，“绿洲在燃烧，人们在绝望地四处逃命，遍地都是尸体……”

“那或许是王国应有的一劫，这里的人们经历了太久的宁静。”老人面无表情。

“不，不，”尼雅一把抓住婆婆的手，“只要把他留在绿洲，那一切就不会发生。”

“恐怕已经来不及了，我的孩子，”婆婆抚摸着尼雅的手，“你们来到这里都有自己不同的目的，你们也终将在这里找到自己的归宿，不要去害怕未来，因为未来从来都是我们亲手书写的。”

“婆婆，我该怎么办？”尼雅无助地望着老人。

“那就要看你自己打算如何去做了。”老人忽然露出了一丝微笑。

正如赛里木婆婆所说，来到绿湖王国的客人只在王宫内逗留了一晚，清晨的时候又像来时的那样，神秘地消失了。

霍烈国王为了此事来找赛里木婆婆商议，他从婆婆的房间出来的时候面色铁青。

次日，王廷颁下诏书，命令乡下的居民向城内迁徙，大一些的村镇立刻着手修建城墙等防御工事，此外，王国开始以宫廷卫队为骨干重新组建军队。

百姓们不知道发生了什么事情，但是他们隐隐嗅到了战争的味道，举国上下在平静的表面下涌动着一股恐慌的暗流。

尼雅古原，白石林，尼各撒的议事大厅。

尼各撒默默地望着众人。几年的时光，没有给这座城市遗迹留下什么痕迹，但众人却显得苍老了许多。

“情况就是这样，”尼各撒说道，“那里简直是一片我们无法想象的、富饶的乐土。”

“走的时候，你带了二十个人，可是只有你一个人回来了，我们现在即使把所有的士兵都集结在一起也不过两万多人，到达绿洲的时候还能剩下多少呢？”萨也言老爹问道。

“我们先后向吐蕃沙漠派遣了五批人，实际上只有这一次成功了，虽然付出了代价，不过我终于发现，沙漠中也并非没有水源，在沙漠的地下有一条暗河，只要我们循着暗河的流向走，就一定能成功，”尼各撒说，“我认为一万五千人到达绿洲是没有问题的。”

“可是如果我们迷了路，也就等于尼雅灭亡了，况且据你所说，绿洲的人数不下百万，虽然他们没有军队，也没有经历过战争，可是一旦武装起来，还是我们能够征服的吗？”老爹又问。

尼各撒沉吟道：“经过与楼兰的白石林之战，我们始终如坐针毡，现在楼兰帝国与黄金联盟的战争已近尾声，黄金联盟马上就会取得决定性的胜利，等他们腾出手来就该对付我们了，我们都见到过黄金武士的强大，大家心里明白，我们根本没有一点取胜的希望；何况三年来，尼雅古原没有下过一场雨，城外的树林早就枯死了，小河也干涸了，能够用的水源最近的也在六十里之外，剩下的牲畜恐怕全杀光了也不够吃到冬天，这个冬天我们该怎么过呢？龙岩部和若雪部离开我们迁徙走了，绿洲部落也投靠了黄金联盟，尼雅女神已经抛弃了这片土地，我们留在这里，只会等到部族灭亡的那一刻。”

众人陷入沉思之中。

萨也言老爹颤声自语道：“我族祖祖辈辈都生活在这里，难道真到了山穷水尽的地步吗？尼雅女神呀，我们在这寒苦之地，始终充满对您最真挚的信仰，就不能让我们看到一线光明吗？”

“我想，尼雅女神已经给了我们光明，”坐在尼各撒身边的穆羽真说道，“我们尼雅古原三面是雪山、沙漠和海洋，一面是虎视眈眈的人类强敌，这里本就是一块危机四伏的土地，即便部族从这次旱情中熬过来，即便我们当初战胜了楼兰铁骑，那又能怎样？无论是恶劣的气候或是强大的古陆军队都可以轻易地将我们部族从这里抹去；其实三年前，我和尼各撒就认识到了这一点，要使我们的部族世代繁衍下去，只有离开这里，迁徙到一个水草丰美的地方去；”穆羽真用双臂支撑着椅子的扶手，艰难地挪动了一下身体，在与楼兰的白石林之战中，他的脊柱受了重伤，腰部以下全部瘫痪，以后他只能在座椅和床榻上度过了，“是尼雅女神的到来给了我们方向，她带着尼雅径直深入吐藩大漠，正是在暗示我族的未来在沙漠的另一端，如今尼各撒的归来和他的发现证明我们的猜测没有错，我想，我们没有必要再犹豫了，牺牲无疑将是巨大的，可是我相信与我们光明的未来相比，任何牺牲都是微不足道的。”

西霆风猛地站起身，大声道：“我愿意为先锋，带领五千骑兵首先穿过沙漠，在绿洲建立前进基地，并坚持到全军到来。”

“不可，”萨离蓝摇摇头，说，“我军胜在兵强马壮，士兵可以一敌十，而敌人则人数众多，我们只有倾尽全力，才能给敌人以致命一击，一旦敌人有时间把武力集结起来，战争就有可能长期化，那个时候……”

“就按离蓝说的，全军马上开始准备，”尼各撒断然说道，而后又把头扭向萨也言老爹，说，“您还是去探望一下旗云格婆婆吧，看她有什么意见。”

“会前我已经去过了，”老爹犹豫着说道，“不过疯了这么长时间，她的话作不得真。”

“说了什么？”

“她说——她说你会死在沙漠的另一端。”

尼各撒愣了一下，又惨然一笑，说：“如果真能给部族一个好的未来，我就是死又算得了什么呢？”

众人散去，屋内只剩下尼各撒和穆羽真。

“在绿洲，你见到尼雅了？”穆羽真问。

“没有，”尼各撒的眼神变得空洞起来，说，“但是我能感觉到她就在那里，近在咫尺。”

穆羽真没再说话，只发出一声轻轻的叹息。

尼各撒的表情刚毅而决然，眼中却泛起了泪花，他侧过头去不让穆羽真看到。

霍风走在王宫的甬道上。他穿着一身崭新的盔甲，鱼鳞状的甲片在阳光下泛着银光，头盔上的雉翎随风微微摇动，一柄古色古香的宝剑佩在腰间，不时与盔甲发出清脆的金属撞击声，像个英姿飒爽的少年将军，但是他的神情却很沮丧。

他刚刚在王宫的朝天门参加完王国千年来的第一次阅兵式。两个月的时间，王国组建起了一支五万人的大军。由于时间仓促，将近一半的士兵还没有装备好盔甲和制式武器，骑兵也只有八千人，部队行进时的队形也显得十分凌乱，更不要提系统的军事训练了，全国找不到一位经历过战争的将军，所有的一切都是纸上谈兵，不过能够在这么短的时间内建立起这样一支庞大的军队，无疑是个奇迹。

士兵们排成密集的队形从正阳门前的大道上走过，浩浩荡荡，绵延不绝，首尾望不到尽头。这次检阅完毕，他们就要前往绿洲边缘的防护林带驻扎，随时准备粉碎任何针对王国的入侵活动。

朔风飞扬的军旗，密集如林的枪戟和一声声雄壮的战鼓让道路两旁驻足观看的居民们爆发出雷鸣般的掌声，见到这么强大的军队，压在每个人心中的不安像乌云般消散了，他们相信，即使真的有敌人越过沙漠来犯，也会在这支军队面前丢盔卸甲，一败涂地。

目睹这群情激昂的景象，霍风的心中也是热血沸腾，平静无聊的生活已经让他一天也无法忍受了，源自远古文明的本源力量正在他体内一天天泯灭，他渴望着改变，渴望着另一种生活，而此刻他终于看到了希望。大哥霍炎被父王任命为前敌统帅，即将率队出征，二哥霍冰协助父王负责艾斯特拉达城的防御，自己也该做些什么，然而大家都没什么表示，两个哥哥都在忙碌着，根本不拿正眼看他，对自己的要求，父王也置之不理。所有人好像都卷入了战争的旋涡，他甚至在行军的队伍中看到了那个在无名英雄雕像下结识的老人，而自己却完全被排斥在外，这让霍风懊恼不已。

穿过储秀门，转了两个弯，霍风走进了自己的庭院。

两个侍女正在忙碌着收拾东西。

“怎么了，要搬家吗？”他没好气地问。

“尼雅要搬回寺院去。”侍女答道。

霍风连忙走进尼雅的房间，尼雅正坐在蒲团上，面对涅槃女神塑像默念经文。

“好好的，怎么要走？”霍风道。

“总归是要走的，还不如早些走的好。”尼雅淡淡道。

“究竟出了什么事。”霍风有些着急，他发现尼雅的眼圈红肿，似乎哭过。

“没什么，”尼雅摇了摇头，她怜惜地抚着霍风的脸颊说道，“我走了之后，你要好好照顾自己，别再像个孩子似的。”

“是我惹你生气了吗？”

尼雅摇摇头。

“有人说三道四？”

尼雅又摇起了头。

“我知道你不想离开我，”霍风读懂了尼雅的眼神，“我不准你走。”

“总有一天，你会赶我走的。”尼雅忧郁地望着霍风说道。

“不，不，不会的，我不会让你走的，”霍风用力摇晃着尼雅的手臂，

“无论发生什么事，从现在到将来，我都不会离开你的。”

尼雅把目光投向门外的一抹蓝天，叹息道：“涅槃女神啊，您既然安排了我们相遇，为何又给了我们一个那么残酷的未来呢……”

没有风，一丝风也没有……

除了太阳一次次东升西落，这里仿佛是一个凝固的世界。

这支一万余人的军队在沙漠中默默行进。这是一支强大的军队，可是他们在浩瀚的沙漠中显得是那么脆弱，面对炎热和饥渴，他们锋利的战刀毫无用处，只有坚忍不拔的精神支撑着他们一步步走下去。但是他们的忍耐也是有限的，无垠的沙海正在飞快地吸走他们的生命，已经有几千人毫无声息地倒了下去，但地平线上仍是一成不变的黄色。

部队断水四天了，自从上次挖掘到淡水，他们便再也无法找到地下暗河的踪迹了。一路上，他们又挖了几十口深达十余米的深井，可井底的沙子都干燥得冒烟。尼各撒停止了这项极为耗费体力的工作，他确信他们已经偏离了自己上一次的路线，要想在浩瀚的沙漠中找到那条暗河根本是不可能的，他只能希望在部队全都倒下前能够幸运地抵达绿洲。

感受着将士们投来的询问与冀望的目光，尼各撒也陷入了迷茫和无奈的恐惧之中。通过星光的指引，他相信并没有偏离路线，上一次到达绿洲，他用了四十天，而这一回部队已经走了将近五十天，仍然看不到一丝绿洲的影子。传说沙漠中有一种可怕的海市幻影，可以令人完全迷失自我，难道自己上次经历的都是幻觉吗？慢慢地，他自己都不敢确定了。

他抬手遮挡着刺眼的阳光，向远方眺望，毫无变化的沙丘一直延伸向天边。难道就这样毫无意义地葬身沙海吗？那样自己还有什么面目去见部族的先祖们？尼雅女神呀，难道您只给了我们一个虚无的希望吗？他感到一阵眩晕，天与地猛烈地旋转起来，他眼前一黑，一头栽倒下去。失去知觉前，他恍惚听到有人在喊："风，是风，潮湿的风！"

这支来自雪藏高原巨撼雪山脚下尼雅蛮族部队，在穿越吐蕃沙漠的过程中损失了七千兵力和大部分坐骑，抵达绿洲的一万五千人衣衫褴褛疲惫不堪，几乎溃不成军，但是，映入眼帘的富饶的绿洲，让他们刹那间恢复了战斗力。

杀戮与抢掠在绿洲上迅速蔓延，浓烟和火焰在村庄和市镇上空升腾，惊惶失措的子民四处奔逃，绿湖王国千百年来的宁静瞬间支离破碎。

王国的军队仓促应战。不错，虽然从未经历过战争，但是自从王国建立以来，却始终保持着军队的编制，看来王国的祖先们早就预感到灾难终会有来临的那一天。可是这支军队的组成从某种程度看只是形式上的，它平时只保持着几百人的规模，除了偶尔的训练，大部分时间在充当霍烈国王的护卫队。以护卫队为核心加之应征而来的国民组成的军队，其战斗力可想而知。

两支军队在绿湖湖畔展开了决战，鲜血染红了清澈的湖水。

绿湖王国的军队数倍于敌，然而他们面对的是一群在黑暗年代出生入死并且深受王国财富诱惑的武士，人人具有过人的膂力、犀利的武器和铁血的天性。

战斗没有进行多长时间，尼雅军队在战场上横冲直撞势不可挡，绿湖军队遭到了巨大的损失。很快，王国军队的战斗意志便在士兵飞溅的鲜血和死前的惨叫声中动摇了。最初是队形开始混乱，接着便陷入崩溃，士兵们扔下武器四处奔逃。

霍炎王子跃马而出，一面招唤众人，一面挥舞着战刀和盾牌朝敌人冲去。

片刻间，三个敌军士兵倒在了王子的战刀之下，又一个膀大腰圆的敌人抡动着一柄大铁锤向他砸来。王子左手擎起盾牌抵挡，右手挥刀向对方砍去。当战刀砍入敌人肩头的同时，大铁锤也重重地砸在了盾牌上。这一锤的力量远远超出了王子的预料，盾牌在重击下四分五裂，铁锤接下来又砸断了王子的手臂，最终落在了他的胸膛上。

鲜血从霍炎王子的口中喷出，大地在他眼前旋转，续而变得一团漆黑。

目睹王子阵亡，许多士兵转过身重新投入了战斗，血战至死。虽然这场战斗绿湖王国的军队最终仍旧以失败告终，但它却避免了全军覆灭的危险，为王国日后的反抗保留了力量。

绿洲上，王国的城镇相续陷落。居民们从四面八方赶往王国的都城避难。

艾斯特拉达城坐落在绿湖南岸，和其他毫无防护的城镇不同，都城具有完善的防御设施，它一面背靠绿湖，可以保证全城的水源供给，四面又筑有高大的城墙，城墙是用罗布泊湖底特有的黏土和芦苇夯制而成，极为坚固，四座城门为包有铁甲的百年白杨木制成，都筑有箭楼和瓮城保护，城墙外的护城河深五米，宽五米，灌满从绿湖引来的湖水。

尼雅军队在完成对其他城镇的洗劫之后，一路尾随而来，将艾斯特拉达城团团包围起来了。

接下来的战争，最终演变得那么漫长和艰苦卓绝，是双方都始料不及的。

湖畔决战的轻易胜利，使尼雅族全军上下充满乐观情绪，经过简单的攻城准备，他们迫不及待地发动了进攻。不过他们很快就为自己的鲁莽付出了惨重的代价。习惯于在原野上驰骋的士兵们不得不放弃他们依赖了半生的坐骑，组成攻城步兵方阵，虽然有盾牌保护，但是在密集的箭雨中，许多人还没有接近护城河便中箭倒地，可负责掩护的弓箭队却很难将箭射到高大的城墙上去，一路留下众多的尸体和伤兵后，攻城部队终于到达城墙脚下了，他们这才发现临时绑扎的云梯大部分根本够不到城墙顶端，而头顶落下来的雨点般的石块和烧得滚烫的沥青彻底粉碎了他们残留的最后一点战斗意志。

一千人的攻城部队，撤退回来时已不足一百人。

巨大的损失使尼各撒认识到：或许在野外的机动作战中，自己的部队可以所向披靡，但是面对坚固异常防守严密的城池却束手无策。可是城中数不尽的财富却具有无比强大的吸引力，那些财富可以轻而易举地使自己已经在其他部族夹击下逐渐没落的部族重新走向振兴。最后，他决定继续围困都城，城内的粮食终究有消耗殆尽的一天，到那时，城内的居民要么投降、要么与自己的部队在城外进行最后的决战，无论如何，只需要那么一点耐心，整个绿湖王国终将落入自己的囊中。

都城保卫战的胜利一扫笼罩在绿湖王国军民心头的阴霾，城内连续三天大搞庆祝活动，其间还为霍炎王子举行了隆重的国葬。人们都认为，坚固的都城是侵略者们不可攻破的，城内存储的粮食足够全城人坚持数年，只要守住都城，凶残的敌人早晚会铩羽而归，在他们重新接受吐藩沙漠残酷无情的惩罚的同时，绿洲将重回王国的怀抱。

几个月过去了，敌对双方都没有看到战况向自己希望的方向发展。

城内的居民没有丝毫粮食紧缺的迹象，而且他们军队的战斗力还出乎意料地有所加强，居然还曾向围城部队发动过几次颇有威胁的反击。

城外，尼雅族的部队也毫无撤退的意图，反而不断有援兵越过沙漠加入到围城部队中来。城内的人们不安地发现，他们放弃的城镇重又冒起了炊烟，仿佛还能够看到一些妇女和儿童在房舍间活动。看来敌人的目的并不仅仅是掠夺，他们还想永久占领王国人民世代生息的家园。

双方剑拔弩张，又都无可奈何。

这场旷日持久的围困战一直持续了两年，还看不到结束的那一天。

四、末日临近

夏季。

黎明前夕。

大地还沉浸在沉沉的夜色中，众星渐渐淡去，只有夜明星孤独地在天际明灭。

一只小小的红灯笼出现在黑暗中。

年轻的霍风王子独自一人提着灯笼，走在皇宫的甬道上。

皇宫里一片沉寂，疲倦的人们还流连在甜蜜的梦乡，所有的爱恨情愁都暂时隐没在迷蒙的晨雾中。

昨天的战斗一直持续到深夜，敌人在大批援军赶到之后发动了新一轮攻城战，惨烈程度是战争开始以来前所未有的，三座城门告急，正阳门甚至一度被攻破，王国的将士们付出了沉重的代价才击退了敌人。然而人们心里都在问，像这样的攻击，他们还能够承受几次。

无论如何，生命还在继续，人们还有权享受大自然短暂的宁静。

穿过王妃们的寝宫，走出储秀门，就是父王平时起居的天憩殿了，小王子不禁放轻了脚步；这些年来父王实在是太累了，虽然他的身体比和平时期强壮了，但是从他深陷的眼窝中谁都能读出那一份焦虑和憔悴；绕过天憩殿，前面是高大雄伟的勤政殿，那是父王平日接见大臣、管理朝政的地方，他忽然发现大殿里竟然亮着微弱的灯光，难道父王和大臣们一夜未睡，还在商议着什么？他不想惊动他们，远远地从殿旁绕过，向朝天门走去；八名卫士泥塑一样站在大门两旁一动不动，霍风知道，他们再不是和平年代的酒囊饭袋了，只要一有风吹草动，他们都会毫不犹豫地用生命尽自己的职责。

走出朝天门就来到了皇宫外面。

眼前应该是巨大的阅兵广场，但现在被黑暗和寂静所遮盖，小王子只能看到被灯笼朦胧照亮的一小片空间。他的脚步没有停留，径直向前走去，周围的一切他都太熟悉了。一路上，他被黑暗和寂静包围着，没有一个人也没有任何声音。他并不害怕，绿河人民的团结是外人无法想象的，战争开始至今，还没有出现过一个叛徒，即使有个把混进来的奸细，他自信自己腰间的宝剑也可以对付的了。他反而喜欢这种黑暗和寂静的氛围，没有了女人的抽泣和男人不堪伤痛的呻吟声，他觉得心中一片祥和、一片平静，仿佛又回到了从前没有战争的孩童时代。

经过广场，沿着一条小巷走了一阵，他进入一片参天树林，树林的深处是一小块空地，空地中央矗立着一个八角凉亭，凉亭内供奉着无名英雄的塑像。

霍风把灯笼挂在凉亭的柱子上，解下宝剑放在台阶上，然后在凉亭前练起拳来。

三年来，他每天早晨都在这里习武，风雨无阻。最初还有四个卫士教他学习，他的哥哥霍冰王子也偶尔来指导一番。随着战争的延续，卫士们一个个在沙场上找到了自己的归宿，渐渐地只剩下他一个人了。他仍旧坚持练习，虽然他的年纪和身份，还不能上战场，但是他从别人身上看到了自己的职责和命运，他必须为迎接那一刻而刻苦努力。

他今年十九岁，是霍烈国王四个儿子中年纪最小的一个。本来统治和治理国家的重任是不必落在他肩头的，可是残酷的战争改变了一切。几天前，国王最喜欢的儿子——霍冰王子也在与敌人的一场反击战中战死了。霍风成了国王唯一的儿子，也成了绿湖王国唯一的继承人。

片刻之后，霍风的额头沁出了细小的汗珠，但他仍旧练得一丝不苟，一招一式有板有眼。他练习的拳法是绿湖王国的祖先们发明的，作为锻炼身体的传统方法和每年体育竞赛中的竞技项目而流传下来，战争开始后，人们才发现，它原来还是一种有效的近身搏击技术。

练完拳术，他擦了擦汗水，一阵微风拂过，皮肤上感到一丝凉意，可是他的心却是火热的。他又去取台阶上的宝剑，准备再练一阵剑术。

就在他转身的时候，黎明的曙光恰好刺破了黑暗，穿过树叶的缝隙，照射在凉亭内的英雄雕像上。原本被黑暗浸没的雕像，隐隐显露出跃马向前冲锋的轮廓，而那缕曙光恰好落在英雄雕像的脸上，那泥塑的脸庞在曙光的辉映下变得栩栩如生。

霍风望着无名英雄的雕像，竟然看呆了，那一刻他几乎真的以为那位传说中的无名英雄正在从神话的年代复活，前来拯救苦难中的王国。

太久的和平时期几乎使人们忘记了这个本来就虚无飘渺的传说，英雄的雕像渐渐破败不堪，甚至几度坍塌，许多年轻的臣民根本就不知道雕像的存在。直到战争开始之后，无名英雄才被人们重新想起，雕像被修缮一新，每天都有为数众多的民众前来膜拜，祈求无名英雄能够再度重生，前来解救王国于危难之中。两年过去了，事态并没有向好的方向转变，王国岌岌可危，民众损失惨重，谁也说不出战争旋涡中心的这座城市还能够存在多久，而万众期待的无名英雄却没有在无数次虔诚的祷告声中降临。人们终于明白，无所不能的无名英雄终究不过是一个虚幻的传说。于是朝拜的人们又日益减少了，英雄的雕像再度破败，再度被遗忘……

霍风王子久久凝视着雕像。朝阳已经飞快地跃出地平线，在明媚的阳光下，英雄雕像失去了神秘的光彩，显露出残破的泥塑身躯。小王子却还沉浸在幻想之中。从小他就对英雄的传说有着强烈的痴迷，他经常幻想着有那么一天自己也会变成伟大的无名英雄，在众人的欢呼声中去成就前人所从未达到的光辉的文明顶峰。这就是他坚持在雕像前习武的原因，每当面对英雄雕像时，他的内心就仿佛汲取了用之不竭的信心和力量。

他拔出宝剑，迎着晨风舞动起来，剑身在霞光中闪烁着凛凛寒光。

剑是霍冰送给他的，剑法也是二哥亲自教给他的。

二哥不像大哥那样老是板着面孔，二哥总是什么事都谦让着他，爱护着他。如今二哥已经不在了，他要用这柄剑去为哥哥复仇，但是他真的能做到吗？从刚刚习武开始，他就希望有一天能够战胜教他武术的卫士，甚至二哥霍冰，可是没能等到那一天，他们就已经被敌人夺取了生命。连他们都做不到的事情，自己能行吗？幸好他还有信心，一个人只要有信心，岂不是什么事都有可能完成吗？

渐渐地，他已经忘记了自己，忘记了周围的一切，在他的眼中只剩下乌云般的仇恨和缤纷的剑影。

一个身材苗条的女孩的身影出现在枝叶掩映的小径边缘。

她停下脚步，望着剑光中的霍风王子，目光中流露出关切和爱慕。

看着看着，她的脑海中又浮现出从前的情景。

……人声嘈杂的勤政殿上，人们彼此敬酒，相互说笑，只有她一个人孤零零的。她又想起了远在千里之外的故乡，白石林那阳光下的白影，母亲充满慈爱的微笑，父亲那严肃中略带忧郁的面容，月儿姐姐拉着她的手在树林中奔跑，萨迦望着自己的那腼腆的样子……现在无论她喜欢的或者是怨恨的，统统离她远去了，仿佛是发生在上一世的事情，飘渺虚幻，只把她一个人抛弃在一个陌生的环境之中，让她感觉是那么的孤独与无助。这个时候，男孩那道单纯而关怀的目光出现了，她从中体味到了久违的温暖，同时她又在迷惘，因为那道目光似乎在几生几世中一再出现，让她觉得莫名的亲切。

……百花山上，碧草从中，他们两个人静静地凝望着蓝天和浮云，凝望着寂静的山林和枝头雀跃的鸟儿，整个世界仿佛只剩下他们两个人，没有了烦恼、没有了忧愁，只有淡淡的幸福在心间回荡……

……田野间的茅屋中，暴雨把世间的一切都淹没在雨幕中，只有屋内是宁静的，宁静得让人窒息。她分明从男孩急促的呼吸中感到了他的心在狂乱地搏动着，而自己的心跳也在加速，仿佛在回应他似的。从他的目光中，她看到了欲望和爱，她有些害怕可又在忐忐不安中期望着什么，那感觉让她晕眩、让她迷醉。

……王后去世的哀钟似乎还在耳边回响，男孩就在门口忧伤地望着自己，他们两个人都失去了最爱的人，那刻骨铭心的伤痛，她知道。那一夜，她没有睡，望着他熟睡的样子，望着他眼角的泪痕，她多想给他多一些关怀，多给他一些温暖。她还想到了将来，也许绿湖会成为她的第二故乡，也许他们两个人可以携手走过生命中剩下的时光……

谁知命运的轮盘是那般变幻无常，在勤政殿外听到父亲笑声的那一刻，她终于明白自己那些美好的期望只不过是湖中的月影，一丝微澜就会让它破碎。

想到这里，女孩的心中一阵刺痛。

她还记得，艾斯特拉达城被围的第二天，他突然冲进房间，拔出宝剑对准自己的胸口。他的胸口剧烈起伏着，眼中满是怒火。

“在城外屠杀抢掠的就是你的族人？而带领他们的就是你的父亲？”

她默默地点头，心中一片苦楚。

“我对你这么好，这么……你竟然如此相报？我……我杀了你。”

宝剑穿过她的衣衫刺破了肌肤，但是她的心中更痛，她想分辩，可是她最终只是凄然地望着他。

他望着她，眼中忽然含满了泪水，他的手在颤抖，宝剑“当啷”

落地，他踉跄着冲出了房间。

“我不要再见到你，不要！”他呜咽的声音在房间内回荡。

从那天起，他就再没有回到过他们的小院。

两年过去了。她仍然默默独居在小院中。也许她是在期望着他的归来，虽然她知道那几乎是不可能的了，不过就是那一份期盼，才支持着她挺过这些难熬的日子。

她每天都能见到他，只是他不知道。每天霍风练剑的时候，她都会躲在树林中凝望着他。这个时候就是她最幸福的时候，她会回忆起从前的那些美好时光，这让她苦楚，空虚的心中又多了一份甜蜜。

她真想就这么看着他，让这一刻永恒，可是……她不能。

旌旗招展，绣带飘扬……

国王的护卫队从王宫中迤逦而出，向着城门的方向。

没有鼓乐，没有伞盖，只有一杆飞扬的王旗，霍烈国王骑马走在队伍的最前面，更像是一位率队出征的将军。

父子二人几乎并肩而行，霍风的小红马只比父王的雪青马落后半个马头。

霍风侧脸凝视父亲，由于战事繁忙，已经有很久没有和父亲这样接近了。岁月的刻刀已经在父亲消瘦的脸颊上留下了深深的皱纹，但过度的操劳反而使他的表情像岩石般刚毅。他的目光投向前方，沉着冷静，不带一点慌乱和茫然……

父亲也用余光望着儿子。为了王国的存亡，为了坚定子民们抵抗的信心，他毫不犹豫地把自己的儿子一个个送上黄泉之路，看着他们生龙活虎地出征，又满身血迹地被抬回来，他还要维持着国王的威严，不能露出悲伤绝望的神色，甚至不能掉下一滴眼泪，又有谁知道，他还是一个失去子女的父亲，是一个心力交瘁的老人。然而他更是一个国王，一旦他丧失了信心，陷入绝望，甚至一时的情绪失控，王国就会土崩瓦解，不复存在。

霍风的心中却激动而兴奋。他还是第一次随父王前往战场。他一手持着缰绳，一手按着宝剑，头顶金色的王旗，身着红色的征袍。身后的士兵们盔明甲亮，林立的刀枪闪着寒光，浩浩荡荡地前进着。整齐的步伐，像是越催越紧的战鼓，在他的心中回荡，激起万丈豪情。

多少天的勤学苦练，多少个被喊杀声惊醒的夜晚，如今期待许久的时刻终将来临，我将追随父王，踏着哥哥们的鲜血，用自己的生命去完成他们的遗愿，去建立自己梦想中伟大的功绩。

霍风的心中浮现出无名英雄那跃马冲锋的身影。

城门越来越近……

沉重的战鼓和尖锐的号角声夹杂在一起，从城墙的另一面隐约传来，空气也仿佛骤然凝重起来。

镇守城楼的卫将军远远前来迎接。搀扶霍烈国王下马的同时，他伏在国王耳畔低语道:“尼各撒在叫阵，似是有话要对您说，另外……”他留意着国王的表情，“敌人好像又来了新的援军，敌阵中多了许多奇装异服的士兵。”

国王并不言语，表情也没有丝毫变化，他翻身下马，向城楼攀去。

霍风紧随着父王。台阶一级级升高……战鼓声、号角声、人喊声、马嘶声愈加清晰……

登上城头的一霎，霍风看到蜿蜒无尽的城墙上，密密麻麻站满了王国的士兵，有的弯弓搭箭；有的操纵着投石机；有的忙着搬运石块、煮沸沥青，构成了一道坚不可摧的防线。这情形感染了霍风，他握剑的手因激动而微微颤抖，热血逐渐沸腾。紧接着，透过士兵们的肩头，他第一次看到了敌人。从护城河外十箭之地，敌人的队伍如同乌云一般蔓延开去，淹没了城外的草原，一眼望不到尽头。仔细看去，服装各异的敌人相互拥挤，战马嘶鸣，刀枪密布，剑戟如林，五颜六色的旌旗几乎遮盖了天空……

年轻的霍风几乎被眼前的景象惊呆了，他努力保持着镇定，内心却变得沉重起来，他终于明白，不是王国的军队不够强大，不是哥哥们不骁勇善战，只因如狼似虎的敌人像草原上的杂草，割也割不尽。

霍烈国王的王旗高高飘扬在城楼上空。

“风儿，你看，”国王平静地站在垛口后面，遥指敌阵说道：“那就是敌人的首领，恩将仇报的豺狼尼各撒，终有一天，要让他的头颅悬挂在城门之上，即使王国毁灭也在所不惜。”

霍风顺着父王的指点望去，敌阵中央，一杆高悬的“尼”字旗幡前面，有一辆金黄色伞盖的巨大战车，战车上坐着一位衣着华丽的敌军将领。

尼各撒安然坐在战车上。这战车其实就是一张移动的王座，尼各撒相信，不久的将来它就会安置在艾斯特拉达的王宫中。

因为人到中年，也因为生活的安逸，他的身体明显胖了。是啊，他现在终于可以安心地享受美好的生活了。一年前，尼雅部族已经基本迁徙到了绿洲，在原来绿湖人的村庄中安居乐业。对于挣扎在荒凉的戈壁滩，半生饱受饥饿与战争威胁的族人来说，这里简直如天堂一般。这里土地肥沃、水草丰美，足够众多的人口繁衍生息；这里又是如此安全，浩瀚的吐藩沙漠环绕四周，足抵十万雄兵。

尼各撒心中已经相信弥撒婆婆关于女儿尼雅的预言了。如果不是尼雅随着涅槃圣女进入了茫茫沙漠，他也根本不会想到沙漠深处竟然有着这么一方乐土，更不会有信心穿越那几乎不可能逾越的死亡之海。可以说，是尼雅给了部族这片土地，给了部族一个光明的未来。

不过，这个预言还没有完全成为现实。尼雅的士兵虽然轻而易举地击溃了绿湖王国的抵抗，迅速占领了大部分绿洲，但出乎意料的是，绿湖王国竟然依靠一座王城挡住了他的大军。最初他并没有在意，认为那不过是一个懦弱民族最后的回光返照。谁知，一晃竟然两年过去了，其间他想尽了各种办法，发动了无数次进攻，这座王城竟然像一个该死的鱼刺，明明已经吞下去了，却死活消化不了。虽然王城的存在也没有造成什么严重的威胁。可是他知道，只要不斩草除根，即使是一点火星也会形成燎原之势，只有彻底消灭绿湖人，尼雅王国才能真正屹立在绿洲中，才能屹立在绿湖王国的废墟之上。

他心中一度被预言的下半段困扰着，弥撒婆婆还说过，女儿尼雅也可能会给部族带来灾难，并说自己会死在女儿手中。尼雅不过是个柔弱的女孩子，她怎么有能力去影响战局呢？况且自己毕竟是她的父亲，即使真的有机会，她又怎能下得去手呢？虽然他有些难以相信，但尼各撒的心头却始终被这团阴云笼罩着。

不过尼各撒此刻的心情是放松的，他相信所有的忧虑和迷惑都会在今天有一个完美的答案。

就在昨天晚上，穆羽真终于带回了援军。

在白石林之战中，穆羽真结识了卡林国降将，传奇将军融哲的儿子融子赞，两个人结拜为异姓兄弟。战争结束后，获得自由的融子赞返回卡林故土进行复国活动，逐渐聚集了一部分部队，不断骚扰截击楼兰军队。更重要的是他们在一座远古遗迹中找到了一种被称作霹雳火的神秘武器，其威力强大，可以轻易将坚固的城墙夷为平地。绿湖人之所以能够坚持这么长时间，全凭那堵白色的城墙，一旦打开缺口，自己的骑兵就会轻而易举地将城内的一切荡平。不过援军却在一场沙暴中损失殆尽，到达绿洲的只有一门霹雳火。

失望之余，他又想出了一条妙计，擒贼先擒王，绿河国王的儿子已经死得差不多了，只要老国王一死，摇摇欲坠的绿湖王国就会轰然崩溃。

想到这里，尼各撒的嘴角不禁露出一丝笑意。

遥遥望见绿河国王的王旗升起在城楼上，他轻轻挥了挥手。战车在十几名亲兵的护卫下，脱离队伍，缓缓向城门驶去。

一名校尉跃马向前，挥舞着令旗来到护城河外，高声喊道："城上的绿湖国王听着，我家大王有话对你讲。"

战车在两支军队的中央停下来，距离刚刚超出城上投石机的射程。

尼各撒几乎孤身前来，就是要敌人疏于防范。他点了点头，身后的几个士兵在旌旗的掩护下忙碌起来。

他慢慢从座椅上站起身来，遥指城楼叫道："城上的可是霍烈国王吗？"

"恩将仇报的无耻之徒有什么面目跟你的救命恩人如此狂妄地说

话呢？”回答的声音虽然苍老但浑厚有力。

“自古道，成者王侯败者寇，”尼各撒不屑一顾地一笑，说道，“在这危城之上，只有明日的阶下之徒，哪有什么恩人？”

“危城？两年围城仍然固若金汤，何来危城？少说废话，有话快讲，否则刀兵相见。”

“这绿河两岸的沃野已经尽为我族所有，你们一座孤城总有粮草耗尽城破之日，本王慈悲为怀，只要尔等放弃抵抗，我可以保证将你们全族上下安全送出吐蕃沙漠，否则，哼哼，否则今天便是你们城毁人亡之日。”

尼各撒说话的同时，战车上一个黑洞洞的窗口悄然打开了。

城楼之上，霍风指着尼各撒的战车说道：“父王，这敌首孤身前来，岂不正是个机会，只要派一支轻骑突然杀出，或许能将其斩在阵前。”

旁边的卫将军露出赞许的表情，又将询问的目光投向国王。

霍烈国王沉吟道：“敌人胆敢犯险而来，恐怕会有阴谋，命骑兵在城门准备，记住不得妄动，要等待时机。”

卫将军领命退去。

霍风还想再说什么，突然听见一声巨响，赫然看到一道火龙从敌人的战车中飞腾而起，向城楼迎面扑来。强烈的恐惧感由心而生刹那间传遍全身，他目瞪口呆地望着死神的火焰狞笑着振翅而来，大脑里一片空白。接着他感到什么东西把自己压倒在地，紧接着耳轮中又是一声天崩地裂般的巨响，他的身体被强烈的汽浪掀起来又落下去……

霍风清醒过来的时候，发现城楼上一片狼藉，到处是碎石乱瓦和鲜血淋漓的尸体。父王就伏在自己身上一动不动，鲜血染红了他斑白的须发。

尼各撒眼见霹雳火准确地命中了城楼，轰塌了城楼的一角，上面的人非死即伤，心中一阵狂喜，振臂呼道："敌人的国王死了！"

他身后的士兵们高举刀枪跟着狂喊："死了，敌人的国王死了！"边喊边向城墙蜂拥而来。

王国守城的将士们也都目睹了城楼上的爆炸和冒起的浓烟，国王的王旗也已经坠落。听到敌人的呼喊，一时间军心涣散，有的人呆呆地站在原地，忘记了投石放箭，有的人甚至准备抛下武器投降。

霍风爬起来，跪在地上，抱着霍烈国王不住晃动，嘴里不住喊道："父王，父王你醒一醒。"眼中泪水夺眶而出。

老人悠悠醒来，睁开二目，突然一巴掌打在霍风脸上，吼道："混帐东西，亏得你还是我的儿子，危急时刻竟然只知道哭哭啼啼，快，还不快把王旗重新升起来！"

霍风还在发呆，身边早有一个受伤的卫兵跳起来，拾起地上的王旗，向残破的城楼顶端爬去。

望着霍风惨白的面孔，国王摇了摇头，发出一声叹息，说道:“扶我起来。”

霍风默默扶着父王站起身，他的心正随着父王的一声叹息沉入无底的深渊，曾经的报负、雄心和理想都已经破碎，剩下的只有悔恨和耻辱。

国王的身体在发抖，鲜血一片片渗出来，湿透衣襟，但是他的精神是如此旺盛。他推开霍风，双手按在垛口上，探出身体，用沉稳的声音喊道:“尔等卑鄙小人妖言惑众，本王就好好地站在这里，这城垣就横在眼前，看尔等如何跨过！”

与此同时，“霍”字王旗重新飘扬在城楼上空。

“父王身体安好，父王身体安好！”霍风兴奋地喊道。

“国王没有死。”

“国王万岁！”

“国王万寿无疆！”

士兵们的欢呼由近而远，一直传遍整个城垣，在都城上空回荡。

尼雅部族的攻城士兵听到城上的欢呼声，顿时犹豫不决，徘徊不前。敌人不但没有混乱，反而士气旺盛，如果继续攻城，恐怕又会重温从前的噩梦。

尼各撒望着城楼上的人影半信半疑，示意传令校尉挥动令旗，命令部队继续进攻。

这时，一队骑兵从城门冲出，向尼各撒乘坐的战车疾驰而来。

尼各撒远远看到霍烈国王站立在王旗之下，知道战机已失，无奈地挥了挥手，攻城的部队掩旗退去。

霍风兴奋之余忽然看到父王身体一软，倒了下去。

五、无名英雄

落日不在。

王宫高大的建筑群隐没在渐渐浓烈的夜色之中。

星星点点的宫灯在皇宫中昏暗地燃亮。

几个宫女正在神色慌张地为宫灯蒙上白纱。

霍烈国王未死，但他在这个世上的时间却已寥寥无几，短暂得已经来不及为他的身后之事做出什么安排。

他刚刚从沉沉的昏睡中醒来。梦中他见到了自己的父王和母亲，还有绿湖王国的列位先祖……他梦见自己又回到了儿时，枝叶掩映的庭院中，自己蹒跚着跑向母后的寝宫，却一跤绊倒在台阶上，他看见母后惊慌失措地跑过来抱起自己，那双美丽的眼睛里满是关切和爱怜……他梦见和父王一起跪在祖庙的蒲团上，四壁上是祖先们的巨幅画像，周围缭绕着熏香的青烟，父王用威严和凝重的话语向自己讲述着每一位先祖的光荣与辉煌……他梦见了自己即位的那一天，都城里万人空巷，子民们争先恐后地目睹自己的风采，那时候天是那么的蓝，云是那么的洁白……

他微微睁开眼睛，看见了天憩殿那熟悉的屋顶，一根根檩条在灯火的映衬下从黑暗中显现出来，显得那么压抑。他知道自己就躺在寝榻上，可是他几乎感觉不到自己的身体，他明白生命正一丝丝地从他身体里抽走，自己再也看不到下一个日出了。他用尽力气侧过头，看到宽阔的大殿里悄无声息地跪满了人，有自己的嫔妃、子女，等待王命的大臣，还有医生和奴仆。从他们有的忧伤，有的含泪的面孔上，他证实了自己的猜想。

他也默默地望着他们。一时间，只有大殿里的空气在沉闷、忧郁的气氛中缓缓涌动。绿湖王国在自己身上恐怕就到尽头了，当自己撒手而去的时候，却把一个破碎的山河留给了无助的子民们，自己有什么颜面去见地下的先祖们呢？一滴浊泪从老人的眼角滑落。

他张开嘴，发出的声音连自己都听不清。跪在榻旁的王后连忙起身，附耳倾听。片刻，她站起身说道：“王上有命，王子霍风留下，其余人殿外听旨。”

空旷的大殿里只剩下父子二人。

霍风跪在地上，望着寝榻上衰老憔悴的父王，虽然他强迫自己忍住悲声，眼泪却止不住地滴落。

老人的手指微微动了动。霍风明白了他的意思，连忙匍匐到他的身旁。

老人久久凝望着儿子。不知道哪里来的力量，竟然抬起手给霍风擦了擦脸上的泪水。

“绿河的子孙流的应该是血而不是泪。”老人的声音清晰起来。

“是，是，儿子不争气。”霍风用手擦着眼泪，可泪水还是不住涌出来。

“唉，其实也怪不得你，你的年纪还小，”老人抚着霍风的头说道，“只要加以时日，经过历练，你一定会成为绿湖王国的一代明君，可惜父王已经不能够帮你什么了。”

“父王，”霍风把头伏在老人的身边，身体剧烈地颤抖着，“是儿子无能，是儿子连累了父王，您是为了救我才——才弄成这个样子的啊！要是哥哥们在就不会——不会……我真恨……真很我自己，为什么这么……”说到这里霍风已经泣不成声。

“莫要再自责了，”老人的目光投向灯火背后的黑暗，“是父王没能把一个祥和、安定的江山交到你的手上，假如我们的王国不幸在这次劫难中毁灭，父王自然会代你去向地下的列祖列宗们请罪，但是你要记住，”老人托起霍风的脸，注视着他的眼睛，目光灼灼生辉，“我走之后，这国家和子民的命运就压在你的肩头，你的内心再不能有一丝的懦弱和犹豫，你要用无比的信心和智慧去战胜敌人，领导你的国家渡过难关，重现辉煌，虽然这……这太难为你了……”老人的手紧紧抓着霍风的肩头，“如果你真的做到了，你就是王国的恩人、王国的救星……”

霍风不住点着头。他望着父王，内心百感交集。

忽然，他发现父王的眼睛渐渐失去了光泽……

哭声骤然从殿内传出。

等候在殿外的人们都明白发生了什么。大家面面相觑，脸上都充满了忧伤和不安。他们都在想，王国之所以能够支撑到现在，除了坚固的城墙，还有霍烈国王卓越的领导力和凝聚力，现在只剩下年少无知的霍风王子，本就已岌岌可危的王国还能够坚持多长时间呢？

城墙破了还可以修补，可人心散了呢？

没有旨意，众人不敢擅入大殿。殿内的哭声由低而止。过了良久。殿门开处，霍风王子瘦小的身影出现在门口。众人发现，除了隐隐的泪痕，王子忧伤的脸上竟然带着一种从未有过的沉着和老练。

“王上已经故去，请执礼官根据祖制安排葬礼，明早发丧。”霍风的声音忧伤但不慌张。

“大敌当前，王上的死讯会影响守城将士的士气，”卫将军叩首说道，“我建议封锁消息，只说王上略负轻伤，正在休养，待以后事态平静下来再……”

“不必，如此只会平添人们的猜忌，”霍风挥了挥手，“王上是为了国家的生存而光荣战死的，每一个绿湖的儿女都应该效仿王上，前仆后继地与敌人血战到底。”

“国不可一日无君，还望国王早日登基。”林宰辅说道。

“明日一早，就在先王受伤的城楼上举行加冕仪式。”霍风说道。

“这——这恐怕不妥，”林宰辅神色惊慌，连忙说道，“这不符合祖制，更何况，那里太——太危险了。”

“我意已决。”霍风说道。

卫将军望着这个新的国王，心中想到，要是再大几岁，再有几年的成长，说不定真的会成为一代明君，带领王国走向复兴呢。

一个领袖是可以培养的，但需要的是时间，敌人会给吗？

夜幕垂下，艾斯特拉达沉浸在黑暗中。微弱昏黄的光影浮现于夜海之上，那是神塔第九层，涅槃女神的神堂。

尼雅久久跪在烟雾缭绕的女神像前祈祷着。

仁慈的涅槃女神啊，我献上最真挚的信仰，请你庇佑这些苦难中的子民吧……

万能的涅槃女神啊，请你降下恩泽，让人们心中的仇恨消融，让他们手中的武器铸剑为犁，让死亡和泪水远去，让欢笑重回绿洲……

我景仰的女神啊，请你保佑霍风，保佑父亲，在无尽的黑暗之中给他们一线光明，我愿为您奉献我的一切……

时间悄然流逝，栩栩如生的女神像默默俯瞰着尼雅、俯瞰着神塔下的芸芸众生。

赛里木婆婆出现在尼雅身后，面无表情地看着女神像和苦苦祈祷的尼雅。

“尼雅，世上本没有神，我们的信仰是对光明的追求和对未来的企望，但是我们从来不能期待神迹的出现，人类的历史只能由人类来书写。”老人说道。

“婆婆，我该怎么办？”尼雅无助地望着老人。

老人摇摇头道：“自人类诞生，战火就始终如影随形，你现在所经历的，已经在人类的历史上无数次重演，那是我们无法阻止的，我们涅槃族虽然身负人类的希望，可是至今为止，我们并没有办法让人类获得永久的和平，在远古的历史中也从来没有过成功的记载。”

“一定会有办法的，婆婆，”尼雅的目光在烛光的映衬下像是在燃烧，“我能感到那股力量，它就在我的胸中涌动，我觉得它随时都可能像火山一般爆发，我不要在这里无助地祈祷了，无论它会造成什么后果，我都愿意去承担，请您——请您给予我指导吧。”

“我们的确该做些什么，可是……可是我们真的准备好了吗？”婆婆喃喃自语。

尼雅举起凤凰雕像，昏黄的烛光为它镀上了一层金色的微光，它高傲地昂起头颅，好像在与尼雅默默地交流着什么，一双精美的翼翅像折扇般张开，似乎要振翅飞去，这让它看上去仿佛随时会复活一般。尼雅一直把它贴身藏在胸前，它曾经救过尼雅的命，在白石林之战中，正是它挡住了萧若寒的致命一击。尼雅细细端详着它。它是那样的完美无暇，萧若寒的宝剑没有在它上面留下一点划痕。它的体积还没有尼雅的拳头大，可是尼雅知道，它的力量是那么的强大，黑海洋中雷电交加的风暴，雪藏高原上惊天动地的天圣山地火，在它面前都是那么微不足道，它可以让大地毁灭，可以让星辰错位……不过它现在就静静躺在尼雅的手心，古老的咒语早已失传，那力量就封印在这小小的雕像之中，却无从开启。

赛里木婆婆也凝视着凤凰雕像，没有人知道它是在什么时候制造的，它已经在一次又一次的文明时代中存在了千万年，关于它的故事也辈辈流传，但是它始终是一个传说中的神器，从来没有人运用过它的力量，因为那需要一种特殊的生命本源，或者说，它存在于这个世界，是在等待一个人，一个可以与它产生共鸣的人，只是谁也没有想到，那个人不是顶天立地的英雄，不是聪慧绝顶的智者，而是一个柔弱的普通女孩。

“是时候该把一些事情告诉你了，”老人叹息道，“就让我来开启你生命本源的记忆吧，将来会怎样，就由你来决定吧。”

婆婆将手轻轻放在尼雅额头，无法观测的生物波在她的掌间凝聚，笼罩了尼雅全身。

尼雅感到一阵晕眩，接着眼前一黑，视野中什么也看不见了。不知过了多久，一点光明在黑暗中骤然扩大，遗忘了无数年的记忆铺天盖地般涌来……

老人松开手跌坐在地。她感到全身的力量都消失了，连挪动一下身体都变得异常困难，但是她仍然竭力抬起头，不安地望着尼雅。

良久，尼雅睁开眼睛。她的眼中含满泪水。

“看到了什么？”老人的声音有些颤抖。

“我看到了另一个世界，完全陌生的世界；还看到了我和他，以及我们一生的经历……”尼雅似乎沉浸在巨大的悲伤之中，她无助地抱住了老人，“怎么会有这种事情呢？我只是一个孩子，我怎么能有另一次人生？您告诉我，那一切都不是真的，不是真的……”

“孩子，你要冷静下来，更要坚强起来。”婆婆轻轻抚摸着尼雅的长发。

尼雅渐渐平静下来，她坐起身，用红肿的眼睛望着老人。

“我们的古陆世界曾经毁灭过许多次，又多少次再度繁荣，而唯一不变的就是人类，他们虽然一次次失去了家园、智慧和文明，但是他们终究生存了下来。我们每个人降生下来都像一张白纸，然后通过学习和经历去丰富自己的人生，不过我们每个人的身上都流淌着祖先们的血，我们的心中也深藏着祖先的生命本源，虽然我们可能永远也感受不到它的存在，但是它就在那里，并会随着我们的后代传承下去，直到人类的尽头……”老人把尼雅抱在怀中，像是母亲在为女儿讲述从前的往事，“你所看到的世界是从前的古陆，那是曾经在古陆存在过的一次人类文明，和许许多多次文明一样，它也淹没在时间的长河中，不过它却留下了这个凤凰雕像和一个预言。”

“什么预言？”尼雅的心一动。

“每一次文明退潮，古陆就会重归蛮荒，而人类也会失去几乎所有的智慧和知识，就像初生的婴儿一样，能够流传下来的只有一些简短的神话和预言，所以每一次新的文明建立都会完全不同于从前，你所看到的那个文明就发生了一件从来没有过的事，”老人说道，“在文明毁灭之前，一些人因为某种际遇而实现了飞升，他们摆脱了身体的束缚，成了另外一种生命，他们从此自由地在时间与空间中任意遨游，他们在古陆留下了一个信物，承诺在某个时候会重回古陆，来拯救即将毁灭的人类；那种生命形式是人类的梦想，此后的文明就也再没有实现过，我们甚至不知道它是真实的，还是一个美好的愿望。”

“我明白了。”尼雅出神地点点头。

“明白什么？你还看到了什么？”老人忧心忡忡地问道。

“我还看到了末日，和一首歌，”尼雅说道，“我明白了，那些金属板上的咒语其实不过是一首歌，那首歌唱的是……”

“不，千万不要提起它！”

赛里木婆婆脸色突然大变，但是尼雅已经轻声唱了起来。歌声轻柔如水，幽怨中带着甜蜜，像是一位少女在思念远方的爱人，接着歌声变得悲伤而凄凉，如哭泣，如呜咽，最后在寂静的夜色中悠然而止，像是生命已归于停息，世界走向寂灭……

周围一团沉寂，似乎什么也没有发生过。

尼雅的声音带着迷惘:“他来了，我感到他来了，可是为什么什么也没有发生？难道他所说的一切都是虚幻的吗？”

黑夜。

还看不到黎明。

没有随从，没有灯火，周围万籁俱寂，只有黑暗。

霍风久久跪在地上，仿佛已经化作了一座没有生命的塑像，但是他的内心却汹涌澎湃，思绪万千。

他恍惚记得，许多官员和奴仆在他身边穿梭、忙碌；一个冒着热气的澡盆抬进大殿……婢女们为父王沐浴更衣……执礼官在一旁宣读着什么……女眷们在啼哭……一张张铁青的脸在他眼前晃动……有人为自己拿来一套孝服……孝服是那么的洁白，白的有些晃眼……自己在哭，眼前一片模糊……自己被人搀出了大殿，回到了自己的寝室……婢女们服侍自己睡下……只剩下自己一个人……寂静……孤独……辗转反侧，怎么也睡不着……穿衣起床，推开门……自己一个人在黑暗中独行……是在做梦吗？还是有什么东西在召唤着自己……于是就来到了这里……

眼前虽然一团漆黑，但是他能感觉到周围的一切：树木在夜雾中舒展着枝叶，不知名的昆虫用夜露梳理着羽翅，而前面几步远处就是静静矗立的无名英雄雕像。

战争终结了他无忧无虑的少年时代，迫使他飞快地长大。哥哥们的死除了在他心中刻下了深深的伤痕，也使他失去了可以倾诉心声的亲人。现在父王也死了，他已经从王子成了国家的君主，整个国家的命运都掌握在他的手上，他必须坚强、自信、英雄无比；他必须高高在上，用冰冷的表情掩盖内心的孤独、无助和恐惧，他必须这样……

他跪在无名英雄雕像前的石阶上，露水打湿了他的衣衫，膝下的石板寒冰般刺骨，但是他浑然不觉。只有在这里，他才能平静下来，默默地洗涤尘世的烦躁和苦恼，并凭借着无名英雄的精神渐渐恢复信心，积累智慧和力量。

几声轻响从前方传来。

“什么人？”霍风沉声问道。

一盏红灯笼忽然在他眼前亮起，一个黑影出现在灯笼后面。

黑影后面，无名英雄雕像也在微弱的灯光下现出朦胧的轮廓。

“和你一样，都是迷路人。”黑影淡淡地说道。

“胡说，一个人怎么会在自己的家园迷路？”霍风立身而起，手按宝剑，厉声说道，“除非你不是绿湖人。”

“你猜对了，我的确不是。”那个人凑近灯笼，显露出一张消瘦的脸庞。

“原来是潜进城来的奸细。”

霍风冷笑一声，宝剑已经出鞘，剑刃划出一道微红的寒光，向来人刺去。

微风掠起，夜雾搅动，灯笼一暗，瞬间又恢复了原状。

霍风呆呆地站在地上，手中的宝剑不知怎的，已经到了陌生人手里。

“城外来的人却不一定是敌人，”陌生人打量着宝剑，说道，“以后在做出决定之前，一定要弄清真相，这一点你务必要记住，因为一个无意间的错误，可能会让你抱憾终生。”说到这里，陌生人的脸上一片惆怅，“我来到这里，只不过因为看到你也迷了路。”他的手一扬，宝剑准确无误地插入霍风腰际的剑鞘。

“我并没有迷路。”霍风仍然用戒备的眼神望着他。

“我指的并非是脚下的路，而是心中之路。”陌生人指了指心口说道。

霍风沉默了。

“所以我想跟你谈一谈，或者说聊一聊天。”陌生人转身把灯笼插在雕像身上，在凉亭的栏杆上坐下来，并示意霍风也坐下。

“你不能对我们的英雄不敬。”霍风走上前拔下灯笼，重新挂在亭柱上，然后大方地坐在陌生人对面。

陌生人望着霍风倔强的脸，点了点头，说道：“在这个动荡的世界上，一个人能够有自己的信仰，确实是件幸运的事，但愿你能够守护一生。”

霍风虔诚地望着无名英雄雕像，说道：“他是我们的英雄，我们民族的守护者。”

“但是他只是一座没有生命的雕像，只是一个虚无飘渺的传说，假如要把民族的希望寄托在他的身上，那么我敢肯定，你们的民族终究会走向消亡。”陌生人冷静地说道，并没有理会霍风愤怒的表情。

“你究竟是什么人？”霍风毫不客气地问道。

“我说过，我不过是一个过客，既不能给你什么帮助，也不会带来什么威胁，假如我是一个不受欢迎的人，你随时可以赶我走，我所说的话虽然不好听，但是希望你能够想一想，说不定会有一些用处。”

霍风仔细打量着眼前的这个陌生人，他的脸庞很消瘦，仿佛几个月没吃饱过，但这种营养不良的瘦弱反而使他的脸像是岩石雕刻成的，显得刚毅而威严，也使他的眼睛格外的大而有神；他的肤色即使在火光的映衬下也显得极为苍白，像是从没有在阳光下生活过；霍风还发现在他的脸上隐藏着一种深深的无奈和疲倦。虽然霍风不敢肯定陌生人的来意，但是心中已经放松了戒备，而陌生人的表情甚至让他莫名地有一些同病相怜的感觉。

“你总可以告诉我你的名字吧？”霍风问道。

“他有名字吗？”陌生人看了看无名英雄雕像，“但这并没有妨碍你们的交流，何况我也没有问过你的名字。”

霍风的心悠然一动。

“记得刚才您讲，我们都是迷路的人？”霍风的话客气了许多。

“你本来并不是王位的继承人，你没有这个思想准备，也没有受到过如何治理国家的教育，现在你的父王和哥哥们都相继去世，只把你一个人留在这高高的王位之上，没有人告诉你你该怎么做，也没有人能够相伴左右来辅佐你，而且你的年龄在别人的眼里还是个孩子，这种情况即使是在太平年代也是难为你了，”陌生人叹了口气继续说道，“更何况城墙之外有如狼似虎的强敌需要抵御，城墙内又有人心散乱的三军将士需要统率，对子民有血海深仇要报，对国家有千里江山要复兴，而你，根本就没有能力和办法办到，对你来讲何止是迷路，根本就没有路，即使有，也只有绝路。”

霍风的心中一酸，眼泪涌上眼窝，但是他随即又恢复了镇定。

眼泪只代表懦弱，不会解决任何问题，即使死，流的也只能是血。

“那么，”霍风真诚的目光投向陌生人，“请问，您有什么办法吗？”

“没有，”陌生人缓缓摇了摇头，“面对这种局面谁也没有办法。”

霍风的眼中流露出失望的神色。过了片刻，他又问道：“难道您也是一个迷路的人？”

“迷路？”陌生人淡淡一笑，笑容里却饱含忧伤，“我已经从绝路上跨过，前面已经没有路可走了。”

霍风继续倾听着。

陌生人接着说道：“我有一个恬静美丽的家园，有贤惠的妻子，健康的父母以及即将出生的孩子，可是……”陌生人的眼中忽然泛起了泪花，“可是那已经是很久以前的事了。”

“你哭了，一个男人是不应该轻易流泪的。”霍风说道。

“做人应该做一个有情有义的人，而不是没有感情的冷血动物，泪水并不代表懦弱，你的父王负伤和去世的时候，你都在哭，那时的泪水表明了你对亲人的关切和爱，有什么不应该的呢？一个人，只有在生死关头能够不惜生命挺身而出，才是一个真正的勇士，你一定还在为城楼上表现得惊慌失措而懊悔不已，也还在为父王的死怀着深深的自责，其实那并不能怪你，因为你还小，还没有经历过战场的磨炼，如果现在能够用你的生命去换回父王的重生，你会不会去？你会的，一定会的，我相信。”陌生人像兄长对弟弟一样和蔼地望着霍风。

霍风忽然抓住陌生人的手，眼泪情不自禁地从他的脸颊滑落。他内心深处那片浓重的阴影终于在陌生人那亲人般的话语和目光下消散了。

虽然霍风并不知道陌生人为什么会知道这么多事情，又为什么对他如此了解，但是就在那一瞬间，他已经对陌生人产生了深厚的信任和感情。

两个人就像兄弟一样对视着，默默交流着。

良久……

“难道你的国家也发生了战争吗？”霍风轻声问陌生人。

陌生人的眉间又笼罩上了愁云，他的眼睛在灯笼的照射下仿佛燃烧着熊熊火焰。

片刻，他才开口说道：“战争的本质是参与的双方或几方为达到各自的利益而进行的，除了血腥残酷外还有起码的理智，还在一个可以控制的范围之内，可是我所经历的那场战争……简直已经不能再叫战争了，那是自我的毁灭，对世界的毁灭……”陌生人叹了口气，“战争开始的时候，各方还保持着一定的克制，然而随着战争的升级，人们内心残存的那一点点理智都被仇恨所吞没，所有的人都疯了，地狱的烈焰四处肆虐，在大地、在天空、在地下……士兵、平民、男女老幼……我的父亲母亲，我的妻子，我的朋友、同事……我的家……都在那一瞬间化为乌有，甚至包括我自己……”

霍风感觉到陌生人的手在颤抖，不知是因为悲伤，还是因为恐惧。

“可是你知道吗？”陌生人那忧伤的眼神忽然变得咄咄逼人，“虽然我的肉体和精神受尽了非人的折磨，但是我并没有放弃，我还在四处寻找着拯救世界的方法，只要坚持不懈，我相信总有一天我一定会找到的。”

“所以无论形势恶化到何种地步，只要我们的生命还在，就不能放弃努力，只要我们努力了，就一定会有希望。”霍风坚定地说道。他的情绪受到了陌生人的感染，热血逐渐沸腾。

“你是一个坚强的孩子，也会成为一代伟大的君主。”陌生人赞许地点点头。

“谢谢你，”霍风感激地说道，“我明白了，我站在正义的一方，只要我和我的子民坚定胜利的信念，恐惧和绝望的应该是敌人，终有一天，敌人会在我们复仇的烈焰下化为灰烬。”

“但是你一定要记住，假如你的内心被仇恨填满，你就会逐渐变得贪婪、残暴，变得和你的敌人一样，”陌生人满含深情地说道，“仇恨的尽头就是毁灭，只有宽容和理解才会带来永久的和平。”

霍风一脸的不解，他低头沉思，许久才抬起头，说道：“虽然我还不能完全明白，但是你的话，我会记住的。”

“但愿我的话能够对你有所帮助，好了，就到这里吧，”陌生人站起身，拿起灯笼，说道，“孤独了这么久，能与你聊聊天，真的很高兴。”

霍风忽然跪倒在陌生人脚前，恭敬地说道：“多谢您的教诲，您的智慧让我茅塞顿开。”

“什么智慧，我只是一个普通人，一个被命运所左右，无力挣扎的普通人，”陌生人神情黯淡地说道，“假如人生可以重来……”他仰望夜空，无力地摇摇头，而后迈开脚步向黑暗中走去。

“恳请您能不能留下来做我的老师？”霍风问。

“我本无根，只得漂泊，这是命运，”陌生人转瞬间又像来时一样神秘地消失了，连灯笼的光亮也完全不见了，只有苍凉的声音隐约传来，“尼雅是个好姑娘，何苦让世事的烦恼污染了那份单纯的感情呢？敞开你的心灵吧，免得伤了你的心，也伤了她的心。”

霍风起身，不觉向陌生人消失的方向走了几步，又停下来。他思忖，对方究竟是什么人呢？好像对自己什么事都了如指掌。他抬头望着身侧黑糊糊的无名英雄雕像。

那雕像在黑暗中毫无生气地沉默着……

霍风也沉默着，思绪却在沉默中飘曳……

少年的情愁，剪不断，理还乱……

时间，流水般逝去……

寂静中，霍风也像陌生人那样，仰望夜空，摇了摇头。天快亮了，还有太多的事等着他处理呢。他缓缓向王宫走去。

一只红灯笼远远出现。

霍风心中一喜，难道陌生人又回来了？他加快了脚步。

灯笼后面显露出尼雅苗条的身影。

霍风一愣。尼雅柔软的身体已经扑进了他的怀中。

霍风内心的防线在一片柔情中轰然崩溃，压抑已久的情感化作热泪夺眶而出。他突然紧紧地抱住了尼雅，像个孩子似的把头埋在她的肩头。

六、终战

东方露出了鱼肚白，穆羽真的心头仍是一片黑暗。他从不喝酒，可现在他喝了整整一夜，然而酒精并不能给他一个清晰的答案，只会让他更加苦闷、更加迷惘。

尼雅族挥兵绿湖的这段时间，穆羽真始终镇守白石林，并为前线筹措后勤补给，只是在昨天才率领最后一批尼雅族众和卡林援军到达绿湖。

在白石林之战中，穆羽真失去了半条右腿，他的脊柱也碎裂了，一生只能在轮车上生活，再也无法跃马驰骋疆场，正是他的付出才挡住了几万楼兰铁骑，拯救了尼雅，这使他的威望在族中仅次于尼各撒。

尼各撒曾是他的偶像，他坚信尼各撒会带领部族走向辉煌，但也就是从那时开始，尼各撒的光环在他的心中开始散去。尼各撒将带领部族向何处去？他会给部族一个美好的明天吗？穆羽真产生了怀疑。当白石林收到一封封来自绿湖的捷报，穆羽真感到欣慰，他希望自己的怀疑是不正确的，可是昨天在绿洲上看到的一切让他的心又蒙上了乌云。他和尼各撒都在寻求部族永久的安逸与和平，但尼各撒的和平是建立在鲜血与杀戮之上的，而他追求的是理性的文明的和平。这让他的内心苦苦煎熬，可是他又能怎样呢？是尼各撒给了部族一片肥沃的绿洲，他在族人的心中像救世主一样高高在上，穆羽真什么也做不了，他只能喝酒。

尼各撒一身戎装走进来，用异样的目光望着醉眼迷离的穆羽真："今早就要进行决战，你却还在这里喝酒。"

"我的刀已经生锈了，我的马也被用来拉车了，你还需要我来做什么呢？"穆羽真吃吃地笑着。

"你喝多了，"尼各撒叹息道，"过了今天，绿湖就将尽为我有，以后可是你施展才华的时候，你好好休息吧。"说罢，转身向门外走去。

"不至于连听我说几句话的耐心都没有吧？"穆羽真说道。

尼各撒回过头，眉头微微一皱。

"你猜我昨天在绿洲看到了什么？"穆羽真的眼睛被酒精烧得通红，"我看到了一望无际的草原、成群的牛羊、炊烟袅袅的村庄，可是……我没有看到一个绿湖人，一个都没有，有的只是草丛中的白骨……你把他们都杀了。”

“我不杀他们，他们就会来杀我们。”尼各撒冷冷道。

“你以为你把他们都杀光了就能永远拥有绿洲吗？不，不会的！你以为杀戮能够给部族带来永久的和平吗？不，同样不会的！”穆羽真将手中的杯子往地上摔得粉碎。

两个人杀气腾腾地对视着。

穆羽真的声音平和下来：“即使尼雅真的拥有了绿湖，也真的开始了平静的生活，可是等到国富民强之后，你一定会再次起兵杀回古陆，你的心完全被杀戮和贪欲占据着，你想的只是更大的土地、更多的国民；如果你不相信我的话，你就把我的头颅悬在城门上，我会看着你再度出征，也会看着你铩羽而回，看着部族在你永无止境的杀戮中走向灭亡。”

尼各撒眼中燃烧着怒火，握着刀柄的手青筋凸现，但最终他只是一脚踹开门走了出去。

背后传来穆羽真绝望的笑声。

草原上的植物、绿湖里的鱼群、大漠间的驼队……大地上的一切生命都在期盼阳光的降临……

黎明，乌云密布，风雨欲来。

正阳门城楼矗立在苍茫的天地间，俯瞰着脚下的绿湖平原，连绵的城墙从它的两翼伸展而出，将王城紧紧拢在怀中。

昨日被霹雳火破坏的城楼已经连夜被修缮好了，城楼前临时搭起了一座高台，上面覆盖着猩红色的地毯，高台中央摆放着一把高背王座。

霍风就静静坐在王座之上。

他身穿金黄色的王服，上绣飞驼、瑞草、祥云图案，华丽异常，却使他的身体显得臃肿了许多；胸前挂着一面飞驼金牌，那是历代帝王流传下来的王权的象征；他的发髻高高挽起，别着一根象牙簪。

白发苍苍的执礼官站在霍风身边，弓着腰，手中颤巍巍捧着那顶金制王冠。

霍风坐在那里，第一次体味到了那种君临天下、至高无上的感觉。

他把目光投向台下。

文武百官已经在台下排列整齐，人人身着崭新的盔甲或朝服，他们的脸上俱是严肃与庄重，看不到新王登基的那份喜悦。

他能够感觉到一股紧张、慌乱、茫然的气氛在大臣们中间蔓延着。他们一定有的忧心忡忡，有的不知所措，有的在考虑城破之后怎样保全自己和家人，甚至说不定个别人还在盘算着如何卖国投敌。想到这里，他的心中不禁一阵烦乱。

他又向远处的城垣望去。

两侧的城墙上，每隔几个垛口就插着一面五色彩旗，守城的士兵们静静肃立，虽然看不清他们的表情，但他们的背脊是那么的直挺，就像一张张拉满的弓。

他们一定知道王国已经到了最危急的时刻，但是无数次的浴血拼杀已经使他们从一个普通的农民、工匠或是商人成长为骁勇善战的战士。他们随时准备着将刀剑毫不留情地挥向敌人的身体，也会坦然承受钢铁刺入体内的痉挛和绝望。并不是因为他们已经对鲜血和生命麻木了，也不是因为对生活放弃了希望，只因为他们知道，在他们的背后就是孱弱的父母妻儿，就是家园的最后一片土地……

从这些普通的士兵身上，霍风看到一股强烈的气势，是无畏的牺牲精神，是刻骨铭心的仇恨，是奋不顾身捍卫家国的决心……这气势在他眼前形成一道无形的但坚不可摧的防线，任何敌人都会在这道防线面前撞的头破血流、体无完肤……

看着他们，霍风的目光渐渐坚定起来。

他昂起头向远方眺望。

昏暗的天边忽然有了变化：一根根旗幡和长矛参差不齐地冒出地面，愈来愈密集，渐渐遮盖了地平线；接着，黑压压的军队潮水般涌来，迅速淹没了绿色的草原。

昨天第一次见到这种景象的时候，霍风被强烈的恐惧和压抑感所震撼，但是现在，他的心中只剩下仇恨的怒火，无法抑制的仇恨的怒火。

骤然之间，他的身体发生了奇异的变化，一种几乎无法察觉却翻天覆地的变化。他的眼中突然失去了具体的影像，视野变得一团模糊，又逐渐恢复成一片透明的金黄色，那景象就像是整个世界都沐浴在初升的朝阳之下，是那么的宁静、安详，使他体味到了生命的美好，一生之中所有的快乐时光不断在他眼前闪现……一团浓重的乌云忽然出现在金黄色的边缘，这乌云透着说不出的阴险、肮脏和邪恶，它就像一头来自地狱的怪兽，扭动着笨重的身躯，不断吞噬着眼前的金色世界。

霍风感到一股强大的力量在自己身体里四处冲撞，仿佛神勇无比的无名英雄在迫不及待地等待出征的号角。可是霍风却没有办法使他跃然而出。

“天色太暗，日晷已经不能指示出准确的时辰，请示王上，何时开始加冕仪式。”执礼官苍老的声音把霍风拉回了现实。

敌军已经在距护城河三里处停顿下来，正在频繁调动，排兵布阵。

霍风还在回味着刚才的幻觉，那片乌云似乎就隐喻着敌军，而那位无名英雄呢？自己真的有那么强大的力量吗？如果命运能够给自己一次机会，他愿意让满腔怒火化作三千里烈焰，把自己和敌人一起烧成灰烬。

“王上……”执礼官迷惑地看着霍风。

“敌人叫阵的战鼓就是我加冕仪式的礼乐。”

黑云低涌，仿佛快要碰到地面。整个世界被挤压得让人透不过气来。一阵阵低沉的隆隆声隐隐传来，似乎有一种可怕的力量在云层中躁动不安。

尼各撒着一身红色的战袍，头盔和护心镜闪着银光，胯下是心爱的千里追风驹，腰间悬着秋风落叶宝刀，那杆跟随自己出生入死的虎头钢枪斜插在身后。

军队已经集结完毕：弓箭手在前面射住了阵脚，两翼整齐排列着准备攻城的步兵方阵，后面是机动灵活的骑兵部队，一队由五百人组成的重装骑兵紧紧护卫着中军。

尼各撒带着欣喜的心情遥望着眼前巍峨庞大的城市，因为不出意外的话，今天，最迟是明天，它就将成为自己的王城，尼雅王国的首都。昨夜，潜入城内的坐探来报，霍烈国王已经重伤不治，在午夜时分驾崩了，现在绿湖王国已经群龙无首，军心涣散，举国上下陷入一片恐慌。原本还在为白天的战斗懊悔不已的尼各撒闻报顿时欣喜若狂。霍烈国王的儿子大都已经战死，只剩下一个尚在年少，想必也成不了什么气候，恐怕此刻敌人的抵抗意志已经彻底瓦解，艾斯特拉达已然唾手可得。兴奋之余，尼各撒保持着冷静，考虑到之前敌军抵抗的顽强程度，明天还可能会有部分守军顽抗到底，他连夜制定了详细的攻城计划。

尼各撒注意到，城楼上空旌旗招展，城楼前密密麻麻聚满了人，从衣着看隐约可以看出还有很多文官，两翼的城墙上也多了许多彩旗，城垛后面人影晃动。敌人这是在干什么？难道有什么诡计？他暗自思忖。

周围的将领们也看到了城上的变化，互相交头接耳地猜测着。

“我明白了，这肯定是敌方慑于大王的神威，准备献城投降。”一个军师恍然大悟大声说道。

尼各撒的嘴角显露出一丝笑意，诡计？这弹丸之城已然危在旦夕，唯有举国归顺，还能有什么诡计？“传令官。”他吩咐道，“去告诉他们，只要弃城投降，可以保全全城人的性命，以前杀害我军将士的官兵也一概既往不咎。”

看着传令官策马前去，尼各撒又命令道：“众将听令，左骠骑将军西霆风，右骠骑将军萨离蓝各统率本部骑兵，待敌开城投降，即刻开始冲锋，两翼步兵随后掩杀，进城之后，无论男女老幼全部杀光，一概不留。”

尼各撒脸颊上的刀疤微微抽搐着。非我族类其心必异，况且经过这么多年的战争，双方死伤无数，对方即使表面臣服也必心怀仇恨，说不定哪一天就会揭竿而起，重图复兴。自古以来哪一个霸业不是建立在血流成河、尸骨如山的基础之上？

然而敌人的回答是一支利箭，战马驮着传令官的尸体回来，那支利箭就插在传令官的咽喉之上。那是一封无字的战书，那是一句以死抗敌的誓言。

“骑兵暂且压阵，步兵按原计划攻城。”尼各撒冷静地命令着。无论对方抵抗与否，他和他的大军都将踏入这座梦想以久的城市，他有这个自信和能力。

二十辆装载霹雳火的战车从队列中驶出，向城墙开去，接着，巨大的步兵攻城方阵尾随在战车之后缓缓推进，方阵之后是蓄势待发的弓箭手。

片刻之间，霹雳火已经占据阵位，做着发射的最后准备；庞大的步兵方阵却鸦雀无声，只有刀枪和盔甲闪着点点银光；无数把强弓也已引满待发……

战争的巨轮已然启动，没有什么能够阻止，它将残酷无情地碾碎一个个无辜的生灵和这个美丽的世界。

霹雳火战车除去准备攻击两侧城墙之外，还有三辆是瞄准城楼的。

当参加典礼的官员们得知那就是昨日杀害国王的可怕武器之后，顿时一片哗然，有的呆若木鸡，有的冲到高台上挡在霍风前面，有的几乎要抱头而逃，可是当他们的目光落在霍风脸上的时候，都不禁安静下来。

霍风的脸有一些惨白，但是他的眼睛眨也不眨地盯着前方，目光是那么的平静和坚定。敌方战车已经露出了黑洞洞的窗口，死神的火焰昨天就是从那里喷射而出的，但是他知道自己所要战胜的不是那可怕的武器，而是内心的恐惧。他甚至期望再见到那狰狞的火焰，听到那撕心裂肺的巨响，看自己能不能经受住考验，能不能战胜由懦弱和胆怯生成的心魔。

一阵沉闷的战鼓声从敌阵“隆隆”滚来。

“加冕典礼开始。”他大声说道。

城楼上顿时鼓乐声起。

执礼官佝偻着腰，缓缓捧起王冠。

位将军起身，站在高台上，开始宣读先王的传位遗诏。

突然间，一声惊天动地的巨响，如天雷般在城池上空炸响。

文物百官们有一半趴倒在地；执礼官浑身颤抖，王冠“噹”的一声从手中掉落；身经百战的卫将军也不觉弯了下腰。

霍风的内心深处也是微微一颤，但瞬间就像一圈微弱的涟漪消失在他辽阔平静的心湖之中。他静静坐在那里，像一尊雕像，动也没有动一下……没有人知道，在那一刻，深深的伤口悄然在他心中愈合，他已经跨越了一道无形的鸿沟，从一个无知的少年成长为了一个英勇无畏的勇士，一代叱咤风云的雄主。

霹雳火并没有降临到城楼上，尼各撒毕竟只有一门霹雳火，其它的战车不过都是伪装罢了。只有远处的左翼城墙腾起一团烟尘，碎石和人的肢体被抛向半空，有五六米宽的城墙被轰塌了半截。不久，又是一声巨响，霹雳火再次击中了同一个地方，烟尘过后，一道宽阔的缺口出现在城墙间，抵御敌人多年的城墙防御体系终于被撕裂了。

尼雅蛮族军队左翼的攻城步兵方阵从中间分开一条通道，隐藏在方阵中的工兵部队迅速冲出，闪电般在城墙缺口前的护城河上架起一道浮桥。原本按兵不动的尼雅骑兵突然启动，穿过步兵方阵，挥舞着战刀向缺口冲来。

当第一个尼雅骑兵通过浮桥，冲上满是碎石的城墙缺口的时候，缺口处还被浓密的烟尘笼罩着，城墙上的绿湖士兵还未从爆炸过后的惊慌中清醒过来。

城墙缺口边缘，一个身负重伤的士兵渐渐恢复了知觉，他恍惚听到城墙下面传来的凌乱的马蹄声；他探身向下张望，烟尘遮挡了视线，什么也看不清；他用尽全身力气把旁边的一块石头推了下去，缺口下面传来一声惨叫。烟尘逐渐散去，他惊愕地看到缺口处密密麻麻挤满了敌人的骑兵，正在争先恐后地向城内涌去。他回头想再找石头投下去，但身边已经没有分量足够的石块，而且鲜血正从他的伤口处大量流出，身体正慢慢失去知觉，情急之下，他一翻身，从缺口滚落下去。他的身体重重撞在一个尼雅骑兵头上，两个人的身体一同坠落马下，旋即被潮水般的人流淹没。

城墙上其他守城士兵也明白发生了什么，连忙往缺口处靠拢，向下投掷标枪和石块。

城下的尼雅骑兵不顾伤亡，反而加紧向城内冲击。

这时，绿湖士兵把煮沸的沥青传递到缺口处，不停地倾倒下去。

滚烫的沥青在缺口处形成了一道黑色的瀑布，下面的敌人骑兵顿时人仰马翻，撕心裂肺的惨叫声响成一片。前面的骑兵见状犹豫不前，有的甚至想调转马头回撤，而后面的人马仍旧在向前冲，一时间在城下挤成一团。

敌人对此早有准备，一阵急促的梆子声响起，埋伏在步兵方阵后面的弓箭手开始齐射，密集的箭雨集中覆盖了缺口两侧的城墙。

正在集中精力对付敌人的守城士兵猝不及防，纷纷中箭倒地，幸存下来的也只顾在盾牌下藏身，无法再继续攻击，而后面的士兵也被阻隔在远处，无法靠近缺口。

城下的敌人骑兵趁势恢复了队形，源源不断地穿过缺口，向城内移动。

尼各撒选择的突破口是根据密探绘制的地图精心策划的。城墙后面是绿湖王国平时训练军队的操场，平坦而宽阔，从操场出发不远处就是横贯全城的凯旋大街，沿着凯旋大街可以延伸到全城的各个角落。一旦他的骑兵在操场上重新集结完毕，并迅速踏上凯旋大街，就再也没有什么能够阻挡他们了。绿湖王国的军队都集中在城垣，会被步兵方阵围歼。展现在骑兵面前的就只有毫无抵抗能力的平民和一览无余的梦想中的美丽城市了。

城楼上的霍风和文武百官目睹这种情景，也感觉到后果的严重性，如果无法挡住敌人的骑兵，任由其冲入城内，那么今天便是城毁人亡、举国覆灭的日子。

“末将请令，率领骑兵部队从缺口处迎击敌军。”卫将军上前一步向霍风请命。

霍风沉默不语。

卫将军料想这位小国王纵然没有被这阵势吓倒也必无良策，而时间已经刻不容缓，不语便是默许，他转身欲下城召集部队。

“等一等，再等一等。”霍风说道。

卫将军没想到霍风会有不同意见，自己的看法可是连老国王向来都言听计从的。“王上，”他重重跪在霍风面前，急促地说道，“战事万分火急，全城危在旦夕，可千万犹豫不得啊！”

霍风仍不言语。

卫将军抬头望着霍风，眼中急得欲喷出火来。他看到霍风那略带稚气的脸庞因为紧张也显得异常严肃，但是却没有丝毫的慌张和惊恐，一双眼睛全神贯注地注视着敌人部队的调动。忽然，霍风的嘴角竟然露出一丝不易察觉的微笑。

卫将军感到奇怪，不禁扭头顺着霍风的目光向敌阵望去。不久，他也注意到，一个足以挽回败局的战机正在出现。

尼各撒的攻城计划的确周密而趋于完美，先是找到最适于骑兵作战的突破口，然后用假霹雳火战车迷惑敌军，出其不备炸开城墙，再令工兵架起浮桥，早已蓄势待发的骑兵以迅雷不及掩耳之势突进城内，原来做势攻城的步兵方阵除留一部分牵制城上守军，其余由前队变为后队尾随骑兵继续扩大突破口，趁敌人混乱之际攻入城中，到那时，失去了城墙保护的敌军必然会被自己骁勇善战的将士们轻而易举地消灭干净。

此刻，骑兵部队已经有小半顺利进入城内；左翼的步兵方阵业已前进到护城河边缘；工兵架设的第二道浮桥即将完工；右翼步兵方阵也正在迅速向突破口靠拢。城墙的缺口成了一个巨大的死亡旋涡，双方的军队都被吸引过来，在这旋涡中殊死搏杀，锋利的刀枪疯狂地刺入一具具血肉之躯，腥红的鲜血在喷溅、在渲染，残缺的肢体四散纷飞；受伤倒地和死去的士兵反复被马蹄践踏；战马的嘶鸣和人死前的号叫交织在空中。

然而，在这个计划中，尼各撒却犯了一个致命的错误。为了一击成功，他几乎把所有的兵力都投入到城墙缺口的争夺战中了，却忘了另外一个重要地点——城门，如果在关键时刻，守军从城门杀出，袭击攻城部队的尾部，那么尼雅全军就会陷入腹背受敌的困境。

也许尼各撒知道这个漏洞，只是他不相信处在群龙无首、濒于崩溃状态的敌军胆敢出城迎战。不过他马上就要为自己的轻敌付出代价了。

霍风霍然站起，高声喝道：“众将军听令！”他稚嫩的声音充满威严，“卫将军速率本部左骠骑营前往军教场迎击敌骑兵，勿使其向城内扩散；霍韦将军领藤牌、工兵、善射三营随后跟进，多带土木石料，务必将缺口堵住，并协助卫将军将进入城内的敌军全歼；都灵将军统领城上五营守城步兵，集中兵力将敌后续部队挡在缺口外，同时密切注意敌军动向，防敌从它处偷袭；其余右骠骑、腾威、踏野三营骑兵随本王从城门杀出，冲击敌后卫步兵方阵。”

“遵命。”几位将军拜倒在霍风脚前。

卫将军又说道：“王上初登王位，风华初露，万民仰重，此番兵凶战危，但请王上切勿轻易涉险，还望另委其他将领率队出征。”

“我意已决。”霍风说罢，猛地撕开王服，露出里面早已穿戴整齐的甲胄，又摘下王冠，换上头盔，激动地说道，“国家存亡在此一战，我等不得心存侥幸，务必抱着誓死的决心，与敌决一死战。”

片刻之后，部队已经在城门内集结完毕。

临行前，卫将军死死拉住霍风的手，不住叮嘱：“王上，一定要保重，战事如果不利，应尽快撤回城内。”并且让四个跟随自己多年的亲兵保护霍风。

厚重的城门缓缓推开，霍风体内的鲜血也逐渐沸腾。他突然抽出战刀，发出一声怒吼，催动坐骑向城外冲去。

城门方向荡起滚滚烟尘的时候，尼各撒的心中隐隐掠过一丝不安。身经百战的他意识到攻城计划中唯一的一个弱点被敌方觉察了。然而战争的旋涡已然形成，双方的部队都已身陷其中，谁也无法再进行有效的控制。但他仍心存侥幸，期望敌人的袭击只不过是对攻城部队的骚扰而已，右翼的步兵能够将其击退。只要坚持到骑兵部队冲过城墙缺口，顺利向城内纵深进发，敌人的任何抵抗都将变得毫无意义。

战场的形势瞬息万变，片刻之后，敌对双方攻守易势。

绿湖骑兵冲出城门之后，右骠骑营从主队分出，迅速绕过敌步兵方阵，向其后卫的弓箭部队杀去。

尼雅族的弓箭手们正在全神贯注往城头射箭，猛然间见到挥舞着战刀的绿湖骑兵已然近在咫尺，他们手中的长弓面对寒光闪闪的战刀毫无用处，顿时阵脚大乱，纷纷四处溃散，可他们哪里跑得过奔驰的战马，在刀光、鲜血和惨叫声中，尼雅族的弓箭手瞬间损失殆尽。

霍风国王亲自率领着腾威、踏野两营骑兵向敌人的右翼步兵方阵冲击。他们没有从已经在忙乱中布好防御队形的敌人正面进攻，而是划了个半弧，从敌人的侧面切入敌阵。

步兵部队抵御骑兵的重点在于紧密的队形和有效的配合，前部的长矛兵利用密集的长矛化解骑兵的冲击速度，再由短刀手一一解决陷入阵中的骑兵，而绿湖的骑兵恰恰绕过了长矛兵，从其与短刀手相交处猛插进来。

猝不及防的短刀手被怒潮般汹涌而来的战马冲撞得人仰马翻，而长矛兵根本来不及调转笨重的长矛，在他们恐惧的眼中充满了战刀划过的片片银光。转眼间，强大的步兵方阵濒于崩溃的边缘，它就像一只张牙舞爪、凶猛异常的史前怪兽却被一柄小小的匕首准确地刺中了心脏，即将轰然倒地。

尼雅族的士兵们毕竟久经沙场，一个个骁勇善战，尤其是以右翼统领西霆风将军为核心的一小队近卫军，挡在前面死战不退，虽然死伤惨重，却有效迟滞了绿河骑兵势如破竹的发展势头。

眼看敌人渐渐从恐慌中稳定下来，正在重整队形，从四面布置包围圈，绿湖骑兵有陷入重围的危险。

这时，已经消灭了敌方弓箭手的右骠骑营从步兵方阵背后杀来，给了敌人致命一击。腹背受敌的尼雅步兵再也坚持不住了，顿时失去了指挥，只顾各自逃命。绿湖骑兵一时如入无人之境，一面砍瓜切菜般消灭失去抵抗意志的敌散兵，一面尾随其后向敌人的左翼步兵方阵冲击。

城墙缺口处的战斗同样惨烈，城墙上的守军解除了敌方箭雨之苦，得以全力对付城下的敌人。他们如同蚁群一般，疯狂地从城墙两侧运来石块、标枪和熬沸的沥青，劈头盖脸地向城下倾泻。

已经通过缺口的骑兵还没来得及展开就迎头遇到了绿湖骑兵的阻击，双方开始短兵相接的肉搏战，杀得难解难分。缺口处的骑兵前后都被自己的部队阻塞，前进不能后退不得，在城上猛烈的攻击下根本没有抵抗能力，一时死伤无数，士兵和战马的尸体堆满了缺口。

眼看着战况急转直下，尼各撒意识到了问题严重。他焦虑地看到，攻城的士兵们拥堵在城墙缺口处，逡巡不前，伤亡惨重；而城门方向，右翼步兵方阵已经崩溃，并且有殃及左翼步兵方阵的趋势，士兵们在敌方的打击下慌不择路，互相践踏，混乱不堪的局势正在迅速向全军蔓延。尼各撒知道，如此下去不但夺城无望，自己的部队也很难在敌人的两面夹击中全身而退，这场战斗已经演化成多年来两个民族间的最后决战，谁失败了，都将被赶出绿洲，甚至可能走向最终的灭亡。时不我待，他必须立刻采取措施来力挽狂澜。

尼各撒的目光落在城门方向的战场上，一杆绿河的王旗正在一队如洪流般奔腾的骑兵上空猎猎飘扬。

这个时候，霍风正带领着部队追击溃散的敌兵，正在接近敌人的左翼步兵方阵，而敌人被自己的逃兵冲散了阵脚，已经不能组织起像样的防御队形。

霍风虽然冲在队伍前面，但四周被亲兵紧紧护卫着，敌人根本无法近身。霍风挥舞着战刀，却也同样碰不到一个敌人。

忽然间，他注意到敌人的队伍纷纷向两边闪开一条路，一队骑兵从中冲出，径直向这边急速靠近，骑兵的前锋高举着一杆尼雅族王旗。霍风知道是谁来了，那是他一直渴望出现的情景，也是他生命中注定要面对的一次考验——生或死的考验。脑海中无名英雄跃马冲锋的身影一闪而过，他的身体因为激动而微微颤抖着，愤怒的火焰在他心中燃烧，仇恨的力量散布全身。那一刻，他的眼前又出现了幻觉，惨烈的战争场面再次被那片静谧、明亮的金黄色世界取代，他的五官都失去了作用，看不到混乱的人群和武器的寒光，听不到战马的嘶鸣、士兵的喊杀，闻不到空气中的血腥气也感觉不到坐骑的跃动和盔甲的沉重，这金色的世界是他内心凭借着某种神奇的力量，透过尘世间的假象，所看到的另一个世界，是万物的本源……

两只骑兵都在加速前进，最终迎头相撞。这场战争中最为惨烈的战斗开始了。一边是心怀仇恨、抛却生死的绿湖骑兵，一边是久经敌阵、骁勇凶猛的尼雅卫队，双方混杂在一起进行着殊死搏斗。

霍风从幻觉中清醒过来的时候，并没有注意到周围混乱的厮杀场面，也没有意识到身边的卫兵非死即伤，自已已然失去了有效的保护，他只是看到了那杆几乎近在眼前的尼雅族“尼”字王旗，和旗杆下正在杀气腾腾向自己扑来的敌军首领尼各撒。

霍风毫不示弱，他积蓄全身的力量，扬起战刀，催动坐骑迎上去。

千里追风驹风驰电掣般奔跑着，尼各撒踩着马镫，从马背上站立起来，右手平端虎头钢枪，左手高举秋风落叶刀。他已经能够看到敌人小国王那张满是稚气的面孔。就是他抓住了攻城战术的弱点，使自己的部队陷入困境，几乎一败涂地。可是他想不出，这个身材弱小的孩子，拿什么来抗衡自己浸淫了数十年的武艺和一身无数次恶战留下的伤疤。

决战就在眨眼间，两匹战马随即擦身而过。

那电光石火的一瞬，尼各撒持枪刺向霍风的前胸，霍风用尽全身的力气才用战刀把枪格开，尼各撒的左手刀又兜头砍到，霍风急忙顺势仰卧在马背上，秋风落叶刀擦着霍风的额头划过，打掉了他的头盔。两人侧身而过，霍风刚刚坐起身，一道呼啸的风声便在他耳后响起。尼各撒反手抡枪，纯钢制成的枪杆重重抽打在霍风后背上。霍风只觉喉头一甜，一股鲜血从口中喷出，眼前变得一团漆黑，身体坠落马下。在他掉下的地方斜立着一柄遗弃的断剑，恰好刺穿了他的胸膛。

七、不灭的双星

这个小小的庭院隐在王宫高大的建筑群中显得那么不起眼。

黑云低低地布满庭院上方的四角形天空，暴雨随时可能倾盆而下，空气潮湿闷热，让人焦躁不安。

庭院中，碎石铺就的甬道两旁，栽满了绿湖特有的喜闻花。现在，这些茂盛的喜闻花都懒散地伸展着绿油油的叶子，默默渴望着雨水的滋润。一只蜻蜓耷拉着翅膀伏在紫色的喜闻花上一动不动地休憩了很长时间。

尼雅静静地坐在房前的台阶上。她的右手持着一块碧绿色的玉牌，左手托着腮，目光久久注视着那只红色的蜻蜓。

送走霍风之后，她就一直坐在那里，仿佛已经化作一尊雕像。可是她的内心却思绪万千，怎么也平静不下来。

凌晨，霍风穿戴整齐，走出小院时，两个人就在这甬道的两端，留下短暂却永世难忘的凝视。他们知道，这也可能是今生最后一次真真切切地看到对方了。

尼雅真想跟随霍风去，可是她不能，她只能坐在这里无助地等待，这岂非是世间最难熬的事情？

她慢慢抚摸着手里的玉牌，玉牌一面刻着两朵相互依偎的并蒂喜闻花，一面刻着霍风和尼雅的名字，那是霍风送给她的礼物，代表着两人永世合好的渴望，也是她一生中唯一属于自己的一件饰品。

一滴、两滴……几滴稀疏但硕大的雨点打在喜闻花的阔叶上。尼雅嗅到空气中竟然弥漫着淡淡的血腥气，她的心猛然一紧，眼前的景象陡然变得更加昏暗和晦涩。

“尼雅，尼雅，不好了，”侍女惊慌失色地从院外跑进来，眼中充满了恐惧，“城墙已经被敌人攻破，住在城边的居民都在向这边跑，而且……”

“而且怎么了？”尼雅站起身急切地问。

“听难民们讲，霍风国王他……他率队出城迎敌，已经在乱军中不幸殉国了。”

一道闪电划破云层，深深刺入这片多灾多难的大地，震耳欲聋的雷声突然炸响，仿佛世界末日已经降临。

尼雅僵硬地站在那里，玉牌徒然从手中滑落，在石阶上摔成几块。

她闭上眼睛，昨晚另一个令她悲痛欲绝的人生又浮现在她眼前。

……落日在天边燃烧，天空中一片透明的红色，两个银色的月亮悬挂在头顶，不时有庞大如山的金属巨鸟拖着火焰从空中掠过。尼雅坐在一张长凳上，似乎在等待谁的到来。这是一个百花盛开，绿树成荫的公园，远处隐隐可见高耸入云的建筑正逐渐亮起灯火。周围的一切都是陌生的，但尼雅又好像很熟悉。

霍风出现了。他穿着一身从未见过的服装，显得精神威武，尼雅莫名地知道那是霍风的军装。

“穿着这一身，我都不知道自己是来约会，还是来阅兵呢。”尼雅埋怨道，故意嘛起了小嘴。

“向尼雅将军报到，”霍风正正经经敬了一个军礼，又笑道，“好不容易才请到假，这不连衣服都没来得及换，就赶来了嘛。”

“就数你忙，不愿意来就说一声，哪有那么多理由，去吧，去吧，免得人说我缠着你。”尼雅转过脸不去理他。

“我才不走呢，好不容易才得手，是我缠着你，而且要缠你一生一世，无论如何也不撒手。”霍风嬉皮笑脸地拉住尼雅的手。

尼雅被他逗笑了，一拳捶在他肩头，“就你鬼话连篇”。

两个人突然不再说话。霍风将她抱在怀中。尼雅微微喘息着，享受着那一份久别的温存。

“怎么，前方战事不顺利吗？”尼雅察觉到霍风眉间的一抹忧郁。

“是啊，新一轮的谈判已经破裂，双方都在调兵遣将，恐怕一场更大的战役迫在眉睫。”霍风叹息道。

“你呢？”尼雅不放心地问。

“部队已经在做战前动员了，随时可能开拔。”

“我怎么办？”尼雅不禁抚着小腹，“再过段时间可就瞒不住了，都是你干的好事。”

“哦，一时倒把他忘了，让我跟儿子交流交流。”霍风把耳朵贴到尼雅的小腹上。

“呸，哪有这么不负责任的父亲。”尼雅点着霍风的额头。

“下个月我已经请好了假，”霍风微笑着捧起尼雅的脸，“我要用一场盛大的婚礼来迎娶我的宝贝。”

一抹绯红浮现在尼雅脸颊：“我只要你在我身边，哪怕多一分钟也行。”

明亮的月光把两个人的剪影印在迷蒙的星空之下……

他们都没有想到，这是他们生命中的最后一次拥抱。

半个月后。

宏伟的涅槃女神寺院，宽敞的大厅内座无虚席。前来参加婚礼的多数是女方的亲友，霍风是孤儿，并且是军校毕业的，他的同学们大都在部队服役，不能参加婚礼。

尼雅身着盛装，主持婚礼的圣女也已到来，但霍风却始终没有出现。

尼雅手捧鲜花，不时焦急地向门口张望，座位上的亲友们也开始窃窃私语。她最终等来的是一位身着军服的军官。

对方匆匆穿过人群，来到尼雅面前，一脸的严肃：“您好，我很遗憾地通知您，霍风不能来参加婚礼了，昨天晚上，他已经随部队开往前线了。”

尼雅的脑海中霎时一片空白，手中的鲜花无力地落在地上。

也就是在那一天，导致文明毁灭的世界大战爆发了，与古陆其他时期的文明不同，这次文明毁于战火，而不是黑星的周期性降临，由于文明发展的水平极高，人类已经掌握了毁灭性的武器，他们本来是最有希望对抗黑星的一次文明，却过早地消亡了。

开始的时候战争似乎还很遥远，人们虽然紧张地关注着战局，但生活如常，街道上仍旧车流如织，大剧院还在不断举行盛大的晚会。

在这段时间里，尼雅与霍风一直通过书信联系。一边是宁静的书房，一边是战火纷飞的战场，一封薄薄的书信穿越了几千公里将两颗思念的心连在了一起。

后来，他们的儿子出生了，但直到几个月后霍风才知道儿子出生的消息。他来信说一定要回来看看她们母子，但最终还是不了了之。

在霍风的信中，尼雅感到他的情绪一天天消沉下去，他提到战争进入了僵持阶段，每天都有大量士兵阵亡，但是双方都不肯让步，也都相互无可奈何。霍风对战争的结局深表忧虑，他说如果有一方忍耐不住，动用了那可怕的武器，那么战争就会演化为整个人类的毁灭性灾难。政府每天还在宣传前线取得大捷，部队正一路向敌人的国土高歌猛进，与霍风所说的截然不同，到底应该相信谁的话呢？尼雅一天天在不安的揣测中度日。

战争的阴云逐渐笼罩了天空，局势的发展不幸被霍风言中了，这一天尼雅所在的城市遭到了敌人的轰炸。虽然没有造成很大的损失，但是它给人们留下的心理创伤却是巨大的，歌舞升平的日子结束了，人们真切地感到战争就在身边，鲜血与死亡将从此与他们相伴。

城市开始接二连三地遭到轰炸，这座繁华的大都市逐渐变得千疮百孔，走向没落与沉寂。

居民们不得不躲入地下掩体，由于对战争的准备不足，这些地下设施陈旧落后，照明和通风系统频繁出毛病，过了一段时间，食物和饮水也出现了短缺，人们在黑暗中饱受煎熬。

后来，父亲在一次外出时被炸死了，母亲因此生了病，不久也撒手而去，只剩下尼雅一个人艰难地照料儿子。由于食物供给奇缺，儿子长得瘦骨嶙峋，总是躲在角落里睁着惊恐的眼睛，很少言语。尼雅从来没有表现出悲伤，她像男人一样在人群中争抢那些少的可怜的供给，夜里孤身跑到地面去寻找淡水，她的乐观感染了周围的人，只有在夜深人静的时候，她才会悄悄拿出霍风的书信，一遍又一遍阅读着，泪水不知不觉浸透了信纸。是霍风的信，是字里行间流露出的爱鼓舞着尼雅，让她在这无助的世界中坚持了下来，可是霍风的信越来越少了，到后来索性一封也收不到了。她每天的第一件事就是去邮政所看看有没有霍风的信，可总是失望而回。她不断告诉自己，霍风没有来信是因为战事太紧了或是信件在路上遗失了，她的心中有一个可怕的念头在盘旋，可是她想也不敢想，碰也不敢碰。

终于有一天，尼雅又看到了那个人，那个曾经终结了尼雅婚礼的军人。那个人默默走向尼雅，微红的眼中流露着忧伤，他默默地对着尼雅俯首致敬，用低沉而沙哑的声音说了许多话，然后又默默地消失在黑暗中。尼雅根本没有听清他在说什么，但是她知道发生了什么。不知过了多久，儿子的哭声重新唤醒了她，尼雅只是轻轻地说了一句话:“你放心的去吧，我会把我们的儿子带大的。”

尼雅失去了父母，也失去了霍风，她几乎失去了生命中的一切，但是另一种力量支撑着她，无论如何，她要让霍风的后代延续下去，让他去见证他们的爱情，见证这个世界可笑而幼稚的残酷，见证人类另一次文明的曙光。

尼雅决定离开这座伤心的城市。

她带了几件衣服和尽量多的食物，背着年幼的儿子在一个夜晚走出了掩体。月色下的城市已经面目全非，曾经富丽堂皇的高楼大厦只剩下毫无生气的残骸，仿佛林立着的史前怪兽的骨架，街道上到处堆积着瓦砾和残破的车辆，远处时而亮起耀眼的白光，还有滚滚如雷的爆炸声……

沿着空无一人的街道，在黎明时分，尼雅走出了城市。其间有两次爆炸就发生在尼雅不远处，飞溅的碎石划破了她秀美的脸颊。

在尼雅眼中，久违的日出是那么的美丽，可是展现在她眼前的大地又是那么的荒凉凄惨。一望无际的原野上到处布满巨大的弹坑，成片的农田因为无人采摘而荒芜，远处的一片树林被烧得只剩下一些黑黑的树干。

尼雅不停地走，穿过一片片燃烧的原野，涉过一条条污染的河流，走过一座座成为废墟的城镇……偶尔有车辆驶过，有奔赴前线的军车，有逃难的居民，但是他们都匆匆忙忙与她擦肩而过，连一句问候的话也没有……天空中时而有双方的金属巨鸟在战斗，爆炸的闪光不时在空中绽放，但是它们没有攻击尼雅，也许是她的目标太小了吧，不值得它们大动干戈……尼雅只是埋着头向前走，她要找一个没有战争的地方，找一个可以平静生活的地方。然而尼雅并不知道，古陆世界已经全部笼罩在战火之中了，她那个看似简单的愿望已经不可能实现了。

直到有一天，尼雅不得不中断了她的路程。她已经五天没有吃过东西了，仅有的一点粮食也喂给儿子吃了，她实在走不动了。

她躺在一个废弃公园的长椅上，看着花朵绽放的花丛，看着旁边凝滞不动的秋千，看着太阳从天边升起，慢慢划过天空，又沉入地平线，看着夜色笼罩着大地，却不见繁星亮起……

儿子在她身边玩累了，伏在她身上睡着了。她想伸手去抚摸一下儿子的脸颊，可是她身上一点力气也没有。生命正在飞快地从她身体中离去，她感到无法抗拒的睡意，可是她不敢闭上眼睛，她还深深眷恋着这个世界，她的儿子还没有长大……

一道白光闪过，繁星一下子布满了天空，她看到一个熟悉的身影从星空的背景中走来。

“我是在做梦吗？不过……哪怕是做梦也好，我一直等待着再见到你。”尼雅的声音连她自己也听不到。

“对不起，我来晚了，有一些事情耽搁了。”霍风满面倦容，他虽然在微笑，可是眉间却锁着深深的忧愁。

“他们说你死了，我不相信，因为我时刻都能感到你的存在，现在好啦，我再也不让你离开。”尼雅不知哪来的力量，她站起身，用尽全身的力气拥抱着他，好像怕他再次消失。

“你们说的都没有错。”霍风苦笑着。

尼雅只顾依偎在他怀中，用手不断抚摸着他的脸庞……

“我很快就要离开了，还有很多事要做，”霍风不舍地说道，“你放心吧，你和儿子我已经安排好了。”

“出了什么事？”尼雅问道。

“我记得我的身体已经在战火中变得粉碎，当我苏醒的时候，世界在我的眼中已经成了另外一个样子……我虽然还活着，可是我已经不属于这个世界了……我们……我们这恐怕是最后一次见面了。”霍风低着头，看不见他的表情。

没有人知道尼雅心中的痛苦，但她只是微笑着指着自己的心说道：“你去吧，不过你根本就不曾离开过我，因为你始终在我这里。”

黑暗，无边无际的黑暗再次降临。

从记忆中醒来，尼雅再次泪流满面。她手捧着凤凰雕像，传说中的他虽然穿越时空再度来到古陆，可是他并不能改变什么。尼雅注定将在两次人生中饱受生离死别的折磨将。这——或许就是命运！

尼雅想起了白石林，想起了那个小石屋，母亲和月儿姐姐血迹斑斑的身体仿佛就横陈在她眼前……

她轻轻地把凤凰雕像放下，拿起身边的一把剪刀。你不能把我一个人扔在这里，无论再一次人生是什么样的，就让我们一起去承受吧。鲜血四溅开来，逐渐汇成了一条条细小的河流，凤凰雕像浸润在血液之中。突然之间，毫无生气的雕像绽放出夺目的光芒，那光芒冲破重重乌云，直射浩瀚的宇宙深处……

霍风仰卧在地上奄奄一息。断剑刺穿了他的肺部，他用力呼吸着，每呼吸一次，血沫就从他的口鼻处向外涌。他想挣扎着站起身，可是那枪杆重重的一击已经折断了他的脊柱，他根本感觉不到身体的存在。他睁大眼睛，然而视野里仍是一片黑暗。

霍风终于明白了，自己所有的努力都是徒劳的，他弱小的身体终究无法挽救危难中的王国。无名英雄的身影在他的脑海中渐渐远去，他的呼吸也随之慢慢停止……

拯救世界的无名英雄呀，你在哪里？

这时，霍风又看到了那片金色的世界。他变成了一个刚刚诞生的婴儿，沐浴在温暖明澈的光雾之中。他的心是那么的单纯、那么的宁静……

霍风脸上那份从容、自信，和令尼雅蛮族损兵折将的出色战术，都使尼各撒把他当成了劲敌，以致在交手时，尼各撒全力以赴，丝毫不敢轻敌。当枪杆打在霍风背上的时候，尼各撒的心情一下放松了。能在自己马前走上三招的对手没有几个，更何况他还是一个孩子。

尼各撒举起长枪和战刀，仰天长啸。

周围的绿湖骑兵们见到国王阵亡，一些人退缩了，可是绝大部分士兵仍在拼死搏斗着，他们已经不抱生还的希望，他们决心追随自己的国王……

惊魂未定的尼雅族士兵发现尼各撒获胜了，立刻士气大振，重新挥舞刀枪冲上来。

绿湖骑兵很快被包围、分割成了几小块，渐渐地被消灭……

尼各撒回头望着不远处的霍风。

霍风的身体无力地躺在地上，胸膛微弱地起伏着，鲜血正在他的身下蔓延。失去主人的战马在霍风的身旁徘徊，不住地用嘴轻轻拱着他的头。

尼各撒催马上前，挥刀向霍风的脖颈砍去。

就在尼各撒挥动战刀的时候，一道闪电突然在他眼前亮起，使他的眼睛暂时失明，只听到耳畔滚起天崩地裂般的雷声，倾盆大雨刹那间覆盖了整个草原……

尼各撒的视力逐渐恢复了，他突然发现眼前有一个奇特的发光物体。慢慢地，他想看清那是什么，可是他几乎不敢相信自己的眼睛。

在他的前方，一个骑马横枪的武士伫立在朦胧的雨雾中。

那是一个只有在神话中才能出现的武士。他全身穿着纯金制成的甲胄，头部被一个封闭的金盔保护着，看不见脸。那盔甲在昏暗中散发着神圣的微光。他手中的长枪不是金属打造的，而是一道犀利的白色光束。他胯下的坐骑不断变幻着形象，一会儿是一匹战马，一会儿又变成了一头雄狮，仔细看去竟然是一团燃烧着的火焰，雨点落在上面，冒着缕缕青烟。

“你——你是神吗？”尼各撒惊愕地问道。

武士默不作声。

尼各撒意识到自己国王的身份，提高声音问道:“难道你是来与我为敌的吗?”

对方缓缓点点头。

强烈的恐惧感从尼各撒内心深处升起，但是他不能退缩，也不能失败，因为他维系着数万族众的存亡。他不再说话，口中怒喝一声，策马向对方冲去。

接近金甲武士的时候，尼各撒感到一股难忍的热浪扑面袭来。他的长枪准确刺中了对手的前胸，接着战刀也砍在其头部，可是敌人却毫发无伤。他吃惊的瞬间，突然他感到腹部一阵震撼全身的灼痛，不知何时金甲武士的白光之枪已经穿透了他的身体。他低头惊愕地看着插在自己腹部的那束白光，天与地在他的视野中旋转……

尼各撒滚下马鞍，落在地上的时候，后背又感到一阵刺痛，断剑，一柄立在地上的断剑刺穿了他的胸膛。他发现自己身下就是刚刚霍风躺过的地方。那么霍风呢？他来不及细想，生命正在飞快地逝去，有一些话他必须要讲。

“我明白了，你是诸神派来惩罚我们的，”尼各撒绝望地望着金甲武士，鲜血在他身下流淌，与霍风的血混在一起，“是我一个人的贪婪……导致了这场罪恶的战争，与我的族人无关，请饶恕他们吧。”

金甲武士无语。

“我……求求你。”泪水从尼各撒的眼眶中涌出，在他满是鲜血的脸上流过。

金甲武士沉默了片刻，终于缓缓点了点头。

尼各撒轻轻松了一口气，他望着乌云翻卷的天空，自己一生都在这黑暗人世间挣扎，渴望着自由与光明，可是这一天他永远也看不到了。

“我还有一个愿望，”他平静地说道，“我想看一看你的脸。”

金甲武士低头摘下了头盔。

尼各撒正在失去光泽的眼中看到的是霍风苍白而憔悴的面孔。

雨过天晴，一道彩虹横跨天际。

金甲武士的出现使尼雅族的士兵们彻底丧失了战斗的意志，除了一部分骑兵夺路而逃，剩下的纷纷弃戈投降。

战场上一片狼藉，到处是横陈的尸体、挣扎的伤者、散落的刀枪和旗帜……这是一场没有胜利者的战争。

没有人欢呼，没有人顶礼膜拜，无名英雄在众人默默的注视下消失在远方……

目睹无名英雄的出现是霍风心中的渴望，可是他并没有看到那一幕。当他挣扎着从地上爬起身的时候，战场上寂静无声，双方的士兵都停止了厮杀，无声地向远处眺望。霍风不知道发生了什么，从坠下马来直至苏醒，他的记忆一片空白。他记得自己被尼各撒击伤了后背，又被一柄断剑刺透了胸部，可是他发现身上现在竟然毫无损伤。目光落处，他惊异地看到，自己刚刚爬起来的地方还躺着另外一个人。他辨认出，那个人是尼各撒，本应插在自己身上的断剑却插在他的胸膛。看到这个恨之入骨的仇人死去，霍风本该欣喜万分，可是他没有，他的内心反而泛起莫名的怜悯和忧伤……

无论如何，战争终于结束了，以一种神话般的方式结束了。濒于灭亡的绿湖王国在付出了惨重的代价之后终于迎来了连他们也不敢相信的胜利，而胜利总是值得庆祝的。

霍风率领部队凯旋。

卫将军率领文武百官在城门跪接。

从城门到皇宫的凯旋大街两侧挤满了欢呼的民众。

人们认为是霍风国王化身成无名英雄击败了侵略者，都已将他奉若神明。

霍风没有在沸腾的人群中流连，他心中只想着一个人，他急切地想把胜利的消息告诉她，然后他们两个人一起分享那一份喜悦。

庭院外，征袍未解的霍风翻身下马，兴冲冲地推开了院门。

“尼雅，尼雅。”他高兴地喊着。

庭院里静悄悄的，落满雨滴的喜闻花在阳光下怒放，蜻蜓和蝴蝶在花间轻舞。

穿过庭院，踏上台阶的一刻，霍风感觉得脚下一阵轻响，低头看去，自己送给小雨的那块玉佩碎成了几块，像一朵绿色的花瓣散落在白色的汉白玉台阶上。

屋里面传来轻轻的哭泣声。

霍风撩开门帘，冲进屋内。

侍女跪在床边呜咽。

尼雅安静地躺在霍风的床上。她的眼睛安详地闭着，苍白的脸上还露着一丝微笑。她身着一袭白色的纱衣，却已经被鲜血染红了，斑斑驳驳的血迹像一朵朵红色的梅花在洁白无垠的雪原上绽开。她的左手无力地垂在床边，手腕上有一道柳叶形的伤口，那伤口就像一把无比锋利的匕首，刹那间刺入霍风的心灵深处……

尾声

绿湖国王即位的第四天。

纷纷从都城返回家园的绿湖人与已经在平原定居下来的尼雅族人发生了冲突，数百名尼雅族人被杀。

次日，绿湖王庭颁下诏书：即日起，尼雅族亦为我绿湖王国民众，礼乐历律皆与民同，两族应尽弃前嫌，情同手足，如有寻衅滋事者，重罪处之。

即位三年。

尼雅族右骠骑将军萨离蓝在都城决战败北后，率数百骑兵突出重围，穿越吐藩沙漠后仅余数十骑，终逃回黑暗世界。

三年来，萨离蓝在十几个国家间游说，终于纠集起了数万联军，再度进犯绿湖王国。

大军行至吐蕃沙漠深处，突遇旷古未见之沙暴，全军尽没，无一幸存。

即位八年。

绿湖王国大治。

绿湖族与尼雅族同庆。

无名英雄雕像被重塑。

即位二十二年。

在百官力谏下，人到中年的霍风国王与尼雅族首领穆羽真的女儿慕蓉大婚。

霍风国王搬出尼雅离世的庭院，移居天憩殿。

大婚当日。

与鼓乐齐鸣、人声喧哗的天憩殿相比，这个小小的庭院显得那么落寞，满院的喜闻花忽然之间全部绽放。